很少有文体能像科幻作品这样既有文学性，又有科学的想象力。科幻能帮助孩子们建立起理性思维，培养孩子的想象力，留住孩子的好奇心。创作出让孩子能看得懂的少年科幻作品，是我一直坚持的目标。

杨鹏

　　三个人悚然地凝视着这场 150 亿年前发生的无比雄伟、无比壮丽的大自然的演出。尽管它毫无声息，但是原始火球的猛烈翻滚和膨胀……

人类在科学中迷失了。城市对他们来说是一座宏伟的废墟，一个在他们身旁拔地而起的庞然大物。有样东西没能被人理解，那是一个属于世界本质的东西。

我不是一个由人操纵的机器，也不是一个视觉幻象。
我是一个人造的生命体，来自遥远的未来。

宇宙步履缓慢，唯有生命瞬息万变，不能永存。七百万年转瞬即逝，这对地球而言就像是七天一样短暂，而人类整个种族却已濒临消亡。

希望所有的孩子，
在领略科幻小说的大气磅礴后，
对世界永葆一颗单纯的少年之心。

给少年的科幻经典

# 飞向冥王星

叶永烈 等 著

ARTTIME
时代出版
时代出版传媒股份有限公司
安徽科学技术出版社

TITLE: Ice Age
AUTHOR: Michael Swanwick
Ice Age © 1984 by Michael Swanwick;
it originally appeared in Amazing Science Fiction Stories.

TITLE: The Ripples on the Dirac Sea
AUTHOR: GEOFFREY A. LANDIS
Copyright ©1988 by Geoffrey A. Landis
中文简体字版权由上海高谈文化传播有限公司所有

**图书在版编目（CIP）数据**

飞向冥王星 / 叶永烈等著. —合肥：安徽科学技
术出版社，2023.6
（给少年的科幻经典）
ISBN 978-7-5337-8733-2

Ⅰ.①飞… Ⅱ.①叶… Ⅲ.①儿童小说—幻想小说—
小说集—世界 Ⅳ.① I18

中国国家版本馆 CIP 数据核字（2023）第 067223 号

飞向冥王星
FEIXIANG MINGWANGXING
　　　　　　　　　　　　　　　　　　　　　　　　　　叶永烈 等 著

出 版 人：丁凌云　　　　选题策划：高清艳　　　　责任编辑：周璟瑜
特约编辑：陈 奇　　　　责任校对：沙 莹　　　　责任印制：廖小青
封面设计：叶金龙　　　　封面绘图：孙 屹　　　　内文插图：李金烽
出版发行：安徽科学技术出版社　　　　http://www.ahstp.net
　　　　　（合肥市政务文化新区翡翠路 1118 号出版传媒广场，邮编：230071）
　　　　　电话：（0551）63533330
印　　制：安徽新华印刷股份有限公司　电话：（0551）65859551
（如发现印装质量问题，影响阅读，请与印刷厂商联系调换）

开　本：635×900　1/16　　印张：14.5　　插页4　　字数：145 千
版　次：2023 年 6 月第 1 版　　　　2023 年 6 月第 1 次印刷

ISBN 978-7-5337-8733-2　　　　　　　　　　　　定价：29.80 元

# 打开少年科幻阅读之门

杨鹏

少年科幻作品的创作，一直存在着两种创作本位，即"儿童本位"与"成人本位"。虽然作者在创作时，未必能意识到这一点，但不同的创作本位，在看到的世界图像、展现的精神图景、表现的语言状态、展示的文本形态等方面，都是不一样的。

"儿童本位"是指作者始终站在少儿受众的本位去创作少年科幻作品。在他们的眼中，少儿和成年人一样，是完整、独立的，和成年人完全平等（甚至是更加聪明、具有后喻文化优势、不需要成年人去训诫的"人"）。他们从少儿作为"人"在这一时期的心理特点、兴趣爱好、知识需求、理解能力、阅读期待、与成年人及世界的关系等方面进行创作。作者的态度是防御性的，他们认为少儿的想象力和优秀品质是与生俱来的，成年人的某些僵化的思维与陋习会对孩子的童年和想象力造成损害，因此他们需要不遗余力地保护孩子的童年与想象力。这类作者是少年和儿童的代言人。他们在创作作品时，虽然不能完全放弃其作为成年人的一些特质，如成年人的世界观、价值观等，但他们是在有意识的状态下最大限度地舍弃了其成年人的角色，返回了童年。其实，许多作家内心深处的某一部分从未长大，永远停留在童年或者少年时期的某个阶段，所以他们清晰地记得自己在那个阶段的爱好、需求、对语言的感受、对成年人的看法、对世界的判断，以及什么样的科幻作品最能引起他们的兴趣。因此，他们不需要俯身去迁就少儿读者，只需要按照内心深处那个永远长不大的孩子的眼光、爱好、需求去创作，就能轻而易举地写出俘获少儿读者的科幻小说。

"成人本位"则是以创作者个人的成年人角色为本位去创作少年科幻作品。这一类作家在创作时会坚守自己的成年人视角、思维和理念。在他们的眼中，少儿是"不完整的人"，需要他们用科幻小说去潜移默化地植入正确的科学知识、科学理念、科学方法、科学思维，需要他们用代表人类先进文化、具有前瞻性的科幻小说为武器去抵御外来不良文化和愚昧思想的入侵。他们坚信只有这样，少儿在成长中才不会误入歧途，才能拥有正确的价值观，才能成长为优秀的"人"。这类作者认为他们是少年和儿童的教育者，他们也在保护着少年和儿童。不过，"儿童本位"作家抵御的对象是所有长大的成年人，而"成人本位"作家抵御的对象是与他们世界观不一样的成年人。这类作者在创作少年科幻小说时会俯下身去模仿儿童。他们中的大多数完整地度过了自己的童年，基本上没有童年创伤，但他们的童年经验是模糊、不完整的，甚至是缺失的。他们的创作经验多是来自创作成人科幻小说的经验。他们只是将主人公或主要角色转换成少年或儿童，运用他们心目中的儿童语言去为少年和儿童创作。他们在讲科学原理时，只不过是采用了更加浅显的讲述方式，在创作心态上始终高于儿童。

此外，对于未成年人来说，不同的年龄阶段对作品的需求是不一样的。孩子的年龄越小，在成长过程中阅读作品的形态变化就越大。即使到了小学阶段，低年级的孩子与中高年级的孩子阅读作品的形态也是完全不同的。上初中后，阅读作品的形态逐渐稳定下来，初中生和高中生阅读的作品只是知识和语言难度上的区别。由于这个原因，少年科幻作品在文本形态，如人物塑造、语言结构、故事性、知识程度等方面都是不同的，需要细分。"儿童本位"的作者在为小学阶段的孩子创作作品上更具优势，因为他们内心深处的某一部分仍然停留在这一阶段，深谙这一阶段孩子的心理特点、阅读期待和语言习惯。"成人本位"的作者在创作适合中学阶段读者的作品方面更具优势，因为这个年龄段的青少年阅读的作品与成年人的作品已十分相近，没有阅读壁垒和阅读障碍，心理认同上也更趋向于成年人。

"儿童本位"和"成人本位"在创作上没有高下之分。

好的作品都是孩子的良师益友。

　　本丛书收集了中外科幻小说名家专门为孩子创作的优秀少年科幻小说。这些作品同样可以用"儿童本位"和"成人本位"来区分。了解两种不同的创作本位，我们就得到了打开少年科幻阅读之门的一把钥匙。

# 目 录

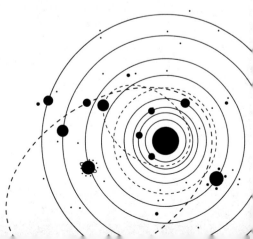

# 被窃的细菌

[英国] 赫伯特·乔治·威尔斯

"这个呢，"细菌学家边说边把一块玻片放在显微镜下，"就是臭名昭著的疾病霍乱的源头——霍乱菌。"

那个脸色惨白的男人低下头，一只眼睛透过显微镜看着玻片。他对此显然不太习惯，正用一只苍白无力的手蒙住另一只眼睛。"看不到什么啊！"他说。

"转转旋钮，"细菌学家说，"显微镜可能没对焦。不同人的眼睛会有视差。你向里或向外轻微转动一下。"

"噢！看到了。"这位访客说，"其实也没什么可看的，就是些粉红色的小条纹和碎片。可就是这些小东西，这些微不足道的颗粒会疯狂繁殖，甚至能摧毁一座城市！令人惊奇啊！"

他站起身来，拿出显微镜下的玻片，对着窗户仔细端详。"几乎看不见，"他仔细观察后，犹疑地说，"这东西还活着？现在也很危险吗？"

"这是染过色的，已经死了。"细菌学家说，"我倒希望我们能把世界上的所有病菌都杀死，都染色。"

"但愿吧。"面色苍白的男人微笑着问，"你也不希望你身边的这些病菌是活的吗？"

"当然不是，我们巴不得这些都是活的。"细菌学家说，"比如……"他走到房间那头，拿起一个密封的小试管，"这就是活的，是培育出来的真正的活性致病菌。"他顿了一下，"也可以说是瓶装霍乱。"

访客苍白的脸上闪过一丝满意的神色。

"你这些宝贝可是致命的啊！"他两眼死死盯着那个小试管。访客脸上流露出的病态的愉悦并没有逃过细菌学家的眼睛。今天下午，这人带着一位老朋友的介绍信前来拜访时，细菌学家就察觉到了他与大多数同行的不同。他的头发又黑又厚，目光阴沉，神情憔悴，时而局促不安，时而兴致勃勃，完全不同于细菌学家结交的那些科学工作者，他们大都冷静而审慎。听到细菌学家的研究有如此高的致命性，一般人也许都会像这位访客这样既好奇又兴奋吧。这应该是正常的反应吧。

细菌学家拿着试管，看起来心潮起伏，若有所思。"没错，这里面关着瘟疫。这些生命的微粒，要染色后放在高倍显微镜下才能看清，闻不到也尝不着。只需打碎这小小的试管，丢入一处供水站，并对它们说：'快快繁殖壮大，占领

蓄水池！'那么，神秘又无迹可寻的死亡，迅猛而令人胆寒的死亡，痛苦又毫无尊严的死亡，就会在这座城市如狂风般肆虐，毁灭生命。它从妻子身旁夺走丈夫，从母亲手中夺走孩子；它使政客丢官失位，使疲于奔命的人获得'解脱'。它会顺着遍布街道的自来水管爬行，发现哪家没有烧开饮用水，就伺机而入，施以颜色。它会潜入矿泉水制造商的水井，沾在用凉水冲洗的沙拉食材上，在冷冻食品中休眠。它藏身马槽里的水中，等牲畜饮下；它躲进公共喷泉，等马虎大意的孩童喝进肚里。它会渗入泥土，再从未经发掘的无数泉眼和水井中冒出来。一旦把它投进供水处，在我们发现并抓住它之前，它就会摧毁整座城市。"

他陡然噤声不语。他想起有人告诉过他，喋喋不休是他的缺点。

"不过，它在这里非常安全，你明白吧，非常安全。"细菌学家再次开口。

面色苍白的访客点点头。他两眼放光，清清嗓子道："那些极端的无政府主义①者、流氓无赖，他们都是傻瓜，盲目又愚蠢！有这么好的东西放着不用，居然想用炸弹。我想……"

一阵轻轻的敲门声突然响起。轻得就像是只用指甲轻敲房门。细菌学家打开门，他的妻子低声说："亲爱的，耽

---

①无政府主义：无政府主义是一种政治哲学思想，其目的在于废除政府当局与所有的政府管理机构。英语中的无政府主义"Anarchism"源于希腊语，意思是没有统治者。

误你一点儿时间。"

他返回实验室时，那位访客正低头看表。"我没想到竟浪费你一个小时的时间了，"他说，"还有十二分钟就四点了。我三点半就该走的，可你这些东西实在太有趣了。我一刻也不能多待了，四点钟我还有个约会。"

他一边致谢一边走出房间。细菌学家把他送到大门口，然后一脸沉思地穿过走廊回到实验室。他觉得这位访客有点儿不对劲儿。"他对我培育出的这些病菌如此着迷，满眼觊觎！"细菌学家心头忽然感到一阵不安。他转身走向蒸汽池旁的长凳，又快步走到写字台前。他慌张地摸了摸身上的口袋，接着冲向门口。"我可能把它放在门厅的桌子上了。"他嘟哝道。

"米妮！"他在门厅尖声喊道。

"怎么了，亲爱的？"妻子的声音传来。

"亲爱的，我刚才和你说话时手上有拿着什么东西吗？"

一阵沉默。

"没有，亲爱的，我记得没有……"

"不得了啦！"米妮的话音未落，细菌学家叫了一声，随即跑出大门，顺着台阶跑到街上。

米妮听到大门砰的一声关上了，便惊慌失措地跑到窗前看。街上，一个瘦削的男人正要坐进一辆马车。细菌学家帽子也没戴，趿拉着毛毡拖鞋，边跑边向他们疯狂打手势。他的一只拖鞋跑丢了，他也顾不上捡。"他疯了吗？"米妮自言自语，"都是那些可怕的科学实验惹的。"她嘟囔着打开窗户，想喊她的丈夫停下来，结果看到那个瘦削的男人突然紧张地环顾四周，像是也精神失常了。他指着细菌学家，慌乱地对车夫说了句什么，然后猛地关上车门。车夫甩了一下皮鞭，马儿踏着咔嗒的蹄声疾驰而去。马车沿着狭长的街道越跑越远，拐过街角就消失了，但细菌学家也上了一辆马车在后面紧追不舍。

米妮探头朝窗外看了一会儿，然后茫然无措地缩回身子。"他这人真古怪，"她心里嘀咕着，"在这个时节里怎能只穿着毛拖鞋就在伦敦街头奔跑！"她脑中冒出一个好主意。她急忙戴上帽子，抓起他的鞋子，从前厅衣架上取下他的帽子和薄大衣，走到门阶上。一辆马车正好朝这儿驶来，她叫住车夫："带我上大路，绕着哈夫洛克新月大街转一圈，看看有没有一位绅士在街上奔跑。他穿着棉绒上衣，没戴帽子。"

"棉绒上衣，没戴帽子，太太。没问题，太太。"话音未落，车夫就扬起马鞭，好像他每天都带着客人绕着那条街道转圈一样。

没过几分钟，一辆姜黄色的马车猛然从哈夫洛克新月大街泊车处驶过，把聚集在那的一小群车夫和懒汉惊得目瞪口呆。

马车来时，这群人都默不作声，等它跑远了，一个被称作老托特利的壮汉率先开口："这不是哈利·希克斯吗，他这是怎么啦？"

"今天他的鞭子抽得太猛了！"一个年轻小车夫说。

"嘿！"车夫老汤米说，"后面还有一个疯子在追着跑。"

"那是老乔治，"老托特利说，"你说得没错，疯子追疯子。他不会从马车上摔下来吧？他是不是在追哈利·希克斯？"

聚集在泊车处的这群人兴奋起来，喊声此起彼伏："追啊，乔治！""太精彩了！""你能追上！""鞭子抽得再猛点儿！"

"看她，看她！"小车夫说。

"嘿！"老托特利说，"又来一辆。今天汉普斯特德区的马车不会都要发疯吧！"

"这车上的是个女的。"小车夫说。

"她在追前面那个男的。"老托特利说，"可一般都是男的追女的啊。"

"她手里拿的什么？"

"好像是一顶帽子。"

"太有趣了！我敢说，这三个人里老乔治肯定跑得最快，"小车夫说，"不信等着瞧！"

米妮被车夫拉着从一片喝彩和叫嚷声中穿过。她不喜欢这种场面，可她觉得自己是在尽妻子的责任，于是她继续紧盯着老乔治那敦实魁梧的背影，催促车夫继续奔跑。老乔治带着她的丈夫一路颠簸向前疾驰，把她远远甩在后面。

最前面那驾马车里的人蹲在车内一角，紧紧抱着胳膊，手里攥着那个很可能会造成巨大灾难的小试管。他的心情极为复杂，既恐惧又得意。他除了怕自己在达到目的之前就被抓住之外，还有一种更隐约、更大的恐惧——他将要犯下的罪是十恶不赦的。不过，他的狂喜远远超过了恐惧。至今还没有任何一个极端无政府主义者想出他这样的点子。拉瓦绍尔、瓦扬，以及所有令他仰慕的伟大人物在他面前都黯然失色。他只需要确认好供水处，把小试管打碎，投进蓄水池里就好了。他伪造介绍信混进实验室，计划天衣无缝，时机也把握得恰到好处。干得太漂亮了！他终于要出人头地了。所有嘲笑、漠视过他，在人前给他冷脸、以结交他为耻的人，都要好好掂量掂量了。死亡，死亡，死亡！他们一直把他当作一个无足轻重的人。全世界都在密谋打压他。他要让他们知道，孤立一个人会有什么后果。这是哪条街？好眼熟。哦，是圣安德鲁大街！后面的马车追上来了吗？他伸头望向车外。细菌学家离他不到五十米了。糟糕。他要是被抓住，一切就都完了。他摸索着口袋找钱——还有半镑。他钻出顶篷把钱递到车夫面前，喊道：“只要我们能甩掉他，钱不是问题。”

　　车夫一把抓过钱，说：“瞧好吧！”顶篷随即关上，鞭子在闪亮的马背上刷刷地飞舞。马车剧烈摇晃起来，那个极端无政府主义者用紧握小试管的手抵住车门，半蹲半立在顶篷下，艰难地保持着平衡。他觉得这个薄透易碎的东西裂开了，裂开的那一半叮当一声掉在脚下的车板上。他咒骂着倒在座位上，阴郁地盯着车板上的两三滴水珠。

他不禁浑身一颤。

"嚯！看来我要身先士卒了。咳！反正能得个'烈士'的美名，不枉一死。可这样死去总归不明不白。我想，这种疾病不一定像他们说的那样令人痛苦。"

他眉头一皱，计上心来——他在脚下摸索着。破碎的试管里还残留着一小滴，他喝了下去。试试就知道了，这样确定一下最好。不管怎样，他都不会失败。

这时他恍然大悟，没有必要继续理会细菌学家了。跑到威灵顿街后，他叫车夫停下了车。他钻出马车，一抬脚就从踏板上滑倒了。他一阵头晕目眩，霍乱病菌的毒效真快啊。他朝车夫挥挥手，让他离开，然后双臂交叉放在胸前，站在人行道上等细菌学家追上来。他摆出一副悲壮的姿态，死亡的迫近让他觉得无比庄严。他用充满挑衅的大笑迎接追赶他的人。

"无政府主义万岁！你来得太晚了，我的朋友。我已经喝下了它。霍乱已经开始四处传播了！"

坐在马车里的细菌学家透过眼镜好奇地打量着他。"你把它喝了？原来你是极端无政府主义者！我现在明白了。"他还想再说些什么，但话到嘴边又咽了回去，嘴角挂着一丝微笑。他打开车门，像是要下车。极端无政府主义者见状向他夸张地一挥手，与他作别，然后大步朝滑铁卢桥走去，边走边故意用感染病毒的身体尽可能多地挤撞行人，以把病毒传染给更多人。细菌学家出神地看着这一幕，哪怕看到妻子米妮带着帽子、鞋子和大衣出现在人行道，他也没什么反应。"谢谢你把我的衣服拿来，真是太好了。"他望着那个极端无政府主义者渐去渐远的身影，若有所思地说。

"你最好先上车。"他说，两眼仍凝望着远处。米妮现在完全确信他疯了，于是她叫车夫把他搀上车，并送他们回家。"穿上鞋子？当然可以，亲爱的。"他说道。车轮转动起来，远处那个大摇大摆向前走的黑色身影渐渐消失了。他好像突然想到了什么怪事，大笑起来，然后说："不管怎样，这确实很严重。"

"下午那个到家里来拜访我的人是个极端无政府主义者。别，你可别晕过去，后面的事我还没说呢。我想让他大吃一惊，于是就把跟你说过的那种新培育的细菌标本拿给他看。就是那种能使各类猴子身上出现蓝色斑块的细菌。可没想到他是个极端无政府主义者。我还莫名其妙地把那种细菌说成是引起恶性疾病的霍乱菌。他把它偷偷拿走了，想用来污染伦敦的水源，他肯定认为自己会将这座文明城市的一切都毁掉。现在，他已经喝下了它。我也说不准会发生什么，可你知道，那细菌已经把小猫变成了蓝色，三只小狗身上也零星有了斑块，甚至连麻雀身上都出现了亮蓝色。恼人的是，要再制备这种细菌，我又得花钱，又得花时间。"

"这么热的天，穿大衣！为什么呢？因为我衣衫不整也许会招来流言蜚语？亲爱的，流言蜚语可不是穿堂风。我为何在这么热的天穿大衣呢？哦！没错！只能是因为会有流言……"

（耿丽　译）

## 关于作者和作品

赫伯特·乔治·威尔斯（Herbert George Wells，1866—1946），英国科幻小说的奠基人，被誉为"科幻界的莎士比亚"，与法国科幻作家儒勒·凡尔纳并称为"科幻小说之父"。代表作《时间机器》出版后，威尔斯一举成名。他一生共创作了51部长篇小说、88篇短篇小说、72部非虚构类作品，以及5部电影剧本和7篇学术论文，曾4次被提名诺贝尔文学奖。他的作品至今还在影响着人类对科学、文学和社会问题的思考方式。

短篇小说《被窃的细菌》发表于1894年，讲述了一个让人啼笑皆非的故事。一个细菌学家培育出一种新型细菌，他向陌生访客介绍它是极具传播性且致死率极高的"霍乱菌"。陌生访客趁细菌学家不注意，偷走了装有细菌的小试管，打算用这种"霍乱菌"污染伦敦的水源，让灾难降临社会，以此"扬名"世界。不料，小试管碎裂了，含有细菌的液体滴落在车上，他选择"舍生取义"，喝下残留的液体，把自己变成"传染源"，把"毒菌"传染给更多的人。他以为自己得逞了，匆匆消失在人群中。当读者读到结尾，从细菌学家口中得知那细菌并非霍乱菌且根本不具危害性时，不禁会感到滑稽可笑，内心的恐慌一下子消失无踪。但故事又引发我们深思：如果被偷走的真是霍乱菌，人类会面临怎样的灾难？

与其他科幻作家不同，威尔斯更关注科技进步带来的潜在危机。纵观当今世界，威尔斯在一百多年前的预警，似乎有许多已成为现实，这更凸显了作品的可贵和对世人的价值！

# 失落的影子

绿杨

"今天几号了？"鲁文基怒气冲冲地扔掉精心绘制的空间坐标图，就着鼻尖上的老花眼镜凑向墙上的挂历。

作为多年的助手，梅丽自然很清楚为什么教授这几天坐立不安。本来，再过十天教授就能捉住那个消失了很久的影子，但现在由于空间站上不了天，这件事就毫无指望了。不过老教授不甘心，还天天算着日子，仿佛还有那么回事似的。"5月2号，这是你第三遍问了，教授。"梅丽实在腻了，便打定主意气一气老教授，好开开心，"莫非今天有什么大喜事吗？你生日还早呀！"

教授果然火了："有什么喜事？我的天，这丫头光吃饭拿钱不管事，12号只差十天了，她倒像没事人儿似的一点儿不着急。"

梅丽暗暗得意，索性再加把火："哦，你还惦记着那引力透镜呢？反正上不了天，老想它也是白搭。死心算了，捉到影子又值几个钱？"

梅丽说的引力透镜并非鲁文基的新发现，爱因斯坦早已预言过它的存在了——光线通过巨大星体的引力场时，会被它吸引而发生偏转，就像水使光线发生折射一样。鲁文基比这更进一步，他把宇宙中所有的大星系都看作是一只更大的引力透镜，这样光线在行进中便会发生多次折射。由于光路曲曲折折地延长了，当它到达某一终点时，在时间上自然要比其他不通过透镜的光线延迟一步。

教授通过计算找出了总星系综合的聚焦轴线："梅丽，只要站在这条轴线上的任何一点上，便能观察到延迟到来的星光。换句话说，就是能看到出现得更早的、也许现在早已不再存在的星体。如果我们瞄准一个现今的黑洞，那么我们看到的是这个黑洞未形成前的景象。现在要干的是要算出这根轴投影在什么地方，然后飞到那里去欣赏时间上的远古，懂吗？"

透镜轴线的位置找出来了，它落在银河系外面。

靠小小的空间站飞出银河系是不可能的，不过银河系在绕宇宙中心旋转，教授又运算一番："不要紧，明年5月12日，这条轴线将切入银河系，扫过太阳系。耐心等着这一天吧。"

这一天终于快到了，但在这要紧的时候，空间站偏又受到了意外损伤，躺在基地的修理车间里。教授自然急得像热锅上的蚂蚁，天天计算着日子。每过一天，老教授的焦躁就增加一分，梅丽挨训的次数也就按几何级数增加一倍，否则她不会故作冷淡来激怒教授的。当下她故意叫教授死心，教授自然不服气："说得真轻巧，如果基地这两天能修好还来得及。"

梅丽打鼻子里哼了一声："别做梦了，合同上写的是年底修好交付使用的，早着呢。"

"你是巴不得永远修不好！好让你天天逛大街，穿花衣服招摇过市不是？"

"你能怪我？"梅丽笑道，"天上的石头不都一个样儿？今年没法子，明年还有5月12日。你才80岁，急什么。"

教授气得两眼发昏，脸孔通红："这丫头，我80岁怎么啦？银河是旋转的，明年你知道转到哪儿了？还看什么！"

梅丽见教授真上了火，立刻收敛："我有主意了，教授。不就是要找那条轴线么？它12号也要扫过地球，随便找一家天文台借望远镜看一下，只要你开了金口，没哪个台长会不肯的，何必非要上天？"

鲁文基愣了半天，转怒为喜："这点子倒还真有点儿道理。好了，快把世界地图拿来！"

引力透镜的轴线投影在地球北纬11°30′上扫过。但是，这一纬度上一座天文台也没有。

# 追逐太阳

为了让教授开心起来，梅丽连劝带哄地磨了三天，这才说动他放下心事，来一次夏威夷之游。打动鲁文基的不是宜人的天气，也不是海岛上淳朴的民风和独具特色的草裙舞——老教授对此全无兴致，而是梅丽找到的报纸上的一条广告。广告说有一个国际时间研究会将展示几种"时间倒转"的新技术，欢迎时间学家参加活动。梅丽说："教授，这和你的时间透镜不是一样的道理么？看来除了透镜之外，还有别的方法可以超越时间。地点也刚好在夏威夷，研究、旅游一举两得。"

教授犹豫半天："我在科学界没听过这些人的名字，想必是些小伙子，没多大名堂。"

"也有女的，不全是小伙子。"

"那更靠不住。嘴上没毛，办事不牢。"

"什么话！居里夫人嘴上有毛？"

最后，两人终于说定了，去夏威夷有两个目的：看看时间机器新技术，再欣赏一下太平洋日落的美景。

但最后他们一个目的也没实现。

时间研究会活动在12日下午举行。鲁文基因摸不清底细，报了个假名字参加了。会上确实展示了好几种"追回时间"的机器。一位研究者掀开一幅挂在墙上的幕布，让大家看一个大日历钟，这个钟的红色秒针正神气地一格一格倒着走。研究者宣布："这台机器将把我们带回昨天。"第二位表演者从提包里端出一台仪器，放在桌上调了调旋钮，然后对观众说："女士们，先生们，时间是事情发生的顺序，现在它开始倒转过来了。"说完，他按下按键，扬声器便响了起来："了来过转倒始开它在现，序顺的生发情事是间时，们生先，们士女。"

一阵哄堂大笑，夹着掌声响起。鲁文基愠怒地走了出来："梅丽，趁时间还早，不如去塔里奥海滩看日落吧。这里的把戏叫人作呕。"

塔里奥是夏威夷岛西海滩的一个小镇，是欣赏太平洋落日风光的最佳选择。那里距此只有80千米，可以开车去，也有专为游客服务的直升机可乘。

街对面就有一个租车公司，教授看表："四点半，租辆车吧，一个小时就到了。"他挑了一辆风格怀旧的老式福特敞篷车，刚开出来便被十多个叫卖水果和纪念物的孩子围了起来。教授怕耽误时间，一样也不肯要。一个塌鼻子男孩扔上来一条印着夏威夷椰林海滩的橙色廉价头巾："5美元，先生！"鲁文基抓起来又扔出去。塌鼻子捡起来骂道："小气鬼，送给你好吗？"鲁文基没搭理，强行开车走了。

公路一边是大片甘蔗园和火山峰，一边是沙滩和浩瀚无际的太平洋，不时可见一堆堆露出水面的珊瑚礁。老式福特蜿蜒向西飞驰，跑了20多千米后，发动机似乎有点儿不对头，发出的声音像患了伤风。老式福特挨了一段路之后，索性熄火了。看着后头的车辆一部部风似的超向前面，教授试了几次都没打着火，急了："糟糕，天黑前赶不到就坏事了。"梅丽下车掀开车头盖捣鼓了半天，仍不行。教授又钻到车底下瞄了半晌，也没看出个所以然。

太阳开始西沉。后面来车也渐渐稀少，直升机开始在头顶上向西飞去。梅丽也急了，不看日落是小事，但在这里过夜可不是办法。"教授，你上车踩着油门，我在后头推一段试试。"梅丽说。

"你怕是推不动这老爷货。"

"试试看吧。"梅丽走到车后头，忽地"咦"了一声，弯下腰从排气管里拉出一块渍满油烟的橙色破布来，"谁把排气管塞上了？"

"准是那塌鼻子干的！"教授又喜又恼，一下发动了引擎，"快走，以后找他算账。"

赶到塔里奥时，太阳早已沉下了海平线，天空只留下一抹紫红的余晖，游客们大多已散去。

教授站在海边沙地上恨得咬牙切齿："天气预报显示明天要下雨。"

梅丽挽着他的手臂往镇上走："先住下再说吧。"有一个戴着旅游公司标志帽子的人走过来："还没找到旅馆吧。你们从哪儿来？要回去的话，我们可以提供直升机服务。"

教授忽然想到一个念头："梅丽，我们还能看到日落。"

"怎么，太阳已经……"

"追回半个小时就行。"教授转向旅游公司职员,"从这里再往西去是什么地方?"

"是太平洋,先生。"

"这我知道,我是说西面有什么岛屿吗?"

"多着呢,这儿是群岛。"职员打开一本导游指南,"100千米内有不少珊瑚礁。"

教授抢过册子看:"要远一点儿,至少1000千米以外,要直升机能够降落那么大的陆地。"

"那么比基尼岛,2100千米。"

"好极了。"教授把册子塞进口袋,"送我们去,愈快愈好。"

在机舱里,鲁文基喜不自胜:"梅丽,那个岛和这里相隔两个半时区,扣除飞行时间,我们能追回一个多小时。太阳将在比基尼岛的海面上再度沉落。"


## 原子靶场


太阳渐渐移向水平线时,直升机已到了比基尼岛上空。

这个600多平方千米的小岛,100年前曾是美国核爆试验的专用基地。核爆炸一度把岛上的一切连同石灰质岩礁一起烧成焦土,寸草不留。漫长的岁月修复了小岛的创伤,如今它又树木葱茏、绿草成茵了。原子靶场的黑色历史使这个环礁岛成为好奇的游客凭吊的胜地,于是旅游、酒吧和商店相继涌现在这里，还有些个性古怪的百万富翁在这里建起休闲的高级别墅。鲁文基在飞机里翻阅那本游览指南时，便在比基尼岛名人录中看到一个熟悉的名字：华盛顿·伍德。伍德曾担任一家跨国光学公司的董事，任期长达20年，退休后赋闲在此。教授之所以知道这个名字，是因为这位业余天文爱好者在他自己的阳台上发现过一颗小彗星，被《彗星》杂志刊登载过。

飞行途中，教授先是埋头翻阅那本指南，而后神情兴奋起来，一会儿望着外面深蓝色的万里汪洋、烈焰收敛的赤日，一会儿又转过头来得意地看看梅丽，最后竟然得意忘形地哼起小调来。梅丽随教授工作三年，这是头一回听到他唱歌，不禁大为惊奇。她暗暗注意教授在哼什么歌，后来发现老是那么一句——大概他只会这么一句："哦——宝宝要睡觉。哦——"

飞机终于在一片草坪上降落。鲁文基一爬下来便猛地向左手方向直跑，驾驶员大声喊着："向右手！右边一千米是岩滩，看日落最好！"

梅丽也奔跑起来，喊道："教授！走错方向了，应该朝西！"鲁文基似乎没听见，他人高腿长，虽然年事已高，跨起步来却疾如擂鼓，梅丽追得气喘吁吁。后来，他上气不接下气了，一屁股坐在地上大口喘气。

梅丽追上来："教授，时间来得及，没必要玩命跑，而且你认错方向了，向东跑愈跑愈远。"说着摸出手帕直擦汗。教授没缓过气来，说不出话，抖着手掏出旅游指南的地图指给她看。

"这是比基尼岛，我知道。"梅丽说。

教授又不耐烦地点了点头："你看，这个……"他手指使劲戳着地图上的纬度数据。梅丽定睛细看："什么……11°35′，北纬11°35′！"她恍然大悟，比基尼岛正处在透镜轴线的扫描线上！按照计算，今晚在这一点上可以观察到远古宇宙的图景！难怪老头子这么激动！但是……

"但是这里没有天文台呀！怎么观察呢？"

教授缓过气，爬起身来翻开名人录中华盛顿·伍德那一页："他的私人别墅在这儿。还不明白？伍德在自家阳台上发现过一颗彗星，能没有望远镜么！"

"对对，可以到他家去借用。先打听一下他住在哪儿。"

"不用打听，往东。我在飞机上已经看见了一座花园别墅，阳台上竖着一台折光望远镜，是非专业用品，但很好，有跟踪装置。"

"教授，你平时眼力不济，紧要时却也好使。"梅丽高兴地笑了，"找他去。日落不看了吧？"

"不看了。走。"

他们边走边问，找到了伍德先生的住所。有个老人在修栏杆，梅丽上前一步，问："这里是伍德先生的住所吗？有位教授要见他。"

老人从上到下打量她一番，然后仔细看着教授，半晌才放下手里的斧子："鲁文基先生？"

教授欣喜不已："你认识我？"

"几年前我听过你的演讲。欢迎光临。"

在客厅坐定后，鲁文基急于表明来意："伍德先生，我请你帮一个忙。我需要一台望远镜，业余爱好用的也行，就像你阳台上那台一样。"

伍德惊异地沉默片刻："奇怪？像你这样的天文学家……不过这没问题，我愿意资助你建一座更好的天文台。请把建台选址和图纸给我。"

"他把我当叫花子了。"教授红着脸窘迫地对梅丽说，"伍德先生，我只是想在今晚使用你的望远镜。"

伍德哈哈大笑："对不起，这当然可以。我的望远镜的镜筒直径是2英寸半的，附件齐全，还能录像，是我服务的光学公司为我制造的。但是我们先吃饭吧。"

教授急不可耐，说不吃了。梅丽低声道："这不礼貌，教授，伍德先生也得吃饭。"

教授无奈，只好挨到用完晚餐，才随主人登上阳台。教授心痒难抓地抚摸那直指苍穹的镜筒："好目镜。你为什么选择比基尼岛作为观察的地点？"

伍德一边做准备工作一边回答："这儿地势虽不高，温度也不恒定，但是周围是海洋，没有光线干扰。特别的是，这里空气很澄明，星光散射很少，我猜这和以前的核辐射有关。"

伍德按照教授的要求将镜筒对准一处空间："等一会儿

我们可以舒舒服服坐下来，喝着咖啡，从那个大屏幕上观察你要看的太空。"

教授赞叹说："不用仰着头看，太惬意啦。"

梅丽对教授说："我们也该把空间站那台换成这种样式的才好。"

教授想了想："那又得耽误几个月时间，不换，不换。"

"好了，"伍德说，"可以开始工作了。我很好奇，鲁文基先生，你打算观察什么？"

教授扬扬得意："这个方位我们能观察到存在于遥远的过去但现在早已消失了的东西。比如说，对准一颗白矮星①，我们能看到它若干万年以前光华灿烂的图景。这幅图景的光线本应早就掠过我们身边，消失在远处了，但是它滞后到现在才出现在我们眼前。"

"那么，你现在打算观察什么？"

"宇宙中心的一个点，现在人们测定出那里是个黑洞群。我想看看那里以前是什么。"

"我想应该是一群巨大星体，它们坍缩之后才变成黑洞的。"

"可能是这样。让我们开始吧。"

伍德点头，推上电源闸刀。

———————————

①白矮星：恒星演化至晚期的一种形态，温度高但亮度低，若干万年前也和太阳一样光芒万丈。

# 混沌初开

荧屏渐现微光，但未显出图像。

一分钟过去了。屏幕上只有小点闪烁，没有图像。"这是大气层的折射，杂光点。"伍德说。

又一分钟过去了，屏幕上仍然一片漆黑。

教授焦躁起来："怎么没图像？至少也该有些恒星呀！莫非你的电路出故障了？"

"不会的。也许是你选中了一个没星的空间。"

"怎么可能？任何空间都能看到星星。你换个低倍率目镜试试，扩大一点视野空间。"

伍德依言换上低倍率目镜。

屏幕上依旧一片漆黑，什么也没有。

教授叫起来："一定是出故障了，否则这么大的视野，星星有一大把哪！"

"不会的。"伍德搔搔头，"是方位不对。"

"方位没错！机器有毛病！"

"机器没毛病！"

"那怎么看不到东西？"

梅丽见两人争执起来，忙说："调到别的方向看看，如果目镜是好的就会有图像出现。"

教授急忙阻止："别动！一偏就离开轴线了。"

伍德把手缩回来："这就奇怪了，宇宙的中心竟然什么也没有。"

两位天文学家气呼呼地对视着，不说话。

半晌，荧屏上突然出现了一个很小的亮点，亮度渐渐增强，然后光点慢慢扩大。光点体积愈来愈大，愈来愈亮，猛然炸开，屏幕上一片耀眼的雪白。

教授一跃而起，大叫道："关小光圈！减低亮度！开录像机，快快快！"

屏幕上的火球暗了点儿。可以见到火球一边翻滚，一边迅速膨胀，奔流似的向四周喷发，翻腾起伏，滚滚抛向四方。

伍德敬畏地轻声说："天哪，这是大爆炸。"

教授也低声说："是的，这是原始火球，宇宙诞生了。"

三个人悚然地凝视着这场150亿年前发生的无比雄伟、无比壮丽的大自然的演出。尽管它毫无声息，但是原始火球的猛烈翻滚和膨胀，密集的物质抛射，强烈的炫目辉光，让人似乎听到了震耳的隆隆巨响。

教授抬手瞥了下手表："5分钟了，现在火球的温度已降到10亿度。可怕！伟大！"

火球继续膨胀，充满了屏幕画面。伍德把图像缩小了些，但它很快又扩大到整个画面。

"都录下来了吗？"教授问。

"录像机从一开始就开着。我们有幸观察到宇宙的诞生。现在我明白了，之前屏幕上的漆黑，是宇宙诞生前的虚

无状态。那个时候自然没有任何星球了。"

梅丽说："今天，5月12日，是宇宙诞生的日子。"

"从地球的历法来说，是这样。"教授停顿片刻，似乎在等震撼带来的眩晕结束，"对我们来说，我们此刻回到了150亿年前。以前人们常说，大爆炸是一场没有观众的演出。现在应该说，它至少有三名观众。"

梅丽感叹地说："总星系的引力透镜竟然如此令人敬畏，我没料到它会把我们送到那久远的时光前面——送到史前的宇宙去。"

伍德问："教授，我们来一杯？"

梅丽望了眼教授："教授是从不喝酒的。"

鲁文基笑吟吟地说："今天可以破例。"

**关于作者和作品**

《失落的影子》是著名科幻作家绿杨"鲁文基系列"中的一篇。"鲁文基系列"的创作经历了十多年，用作者的话说，是他"花费时间最长的呕心沥血的结晶"。该系列以同一主人公鲁文基贯穿始终，每个故事都有一个永不过时的自然科学主题。

《失落的影子》的科学理论是光线在宇宙中行进时，由于巨大星体的吸引会发生偏转，因而发生多次折射。当它到达某一终点时，在时间上要比其他不通过透镜的光线滞后一步。利用这个原理，天文学家鲁文基教授想通过总星系这个巨大的引力透镜，观察黑洞未形成前的景象。

引力透镜就像宇宙中的放大镜。1979年，天文学家首次观测到一个类星体因引力透镜效应而形成的双重像，这是第一个被发现的引力透镜现象。此外，通过引力透镜效应，天文学家首次获得宇宙暗物质存在的证据。

# 冰河时代

[美国] 迈克尔·斯万维克

午后不久，罗伯把最后一个纸箱扛进了新公寓。他们终于正式搬了进来。他把纸箱放下，摞在一堆装着书的板条箱上。这些箱子要稍后再拆。这时，盖尔在厨房里说了句什么话。

"你说什么？"他喊道。

她把头探进了走廊："我刚才说，嘿，房东把旧冰箱给留下了。"

罗伯溜达着向厨房走去。案台上凌乱地堆满了一盒盒厨具，包装拆开了一半。"大概是搬走嫌太麻烦了吧。"

白色的冰箱已经泛黄，变成了脏兮兮的象牙色。几十年的陈年污垢早已硬得像石头一般，把冰箱牢牢地嵌在了厨房一角。冰箱顶上的电机外壳高高拱起，露出三个流线型通风口，如同一座极具艺术感的三层宝塔，让这台冰箱隐约显露出一种未来感——不过，所谓的未来是相对于二十世纪三十年代而言，而非现在。

罗伯拍了拍电机的外壳："其实，这样的设计相当不错。现代冰箱的电机安装在下面，产生的余热会上升到冰箱里，而这热量又必须由这台发热的电机排出，产生更多的废热。这是个恶性循环。现代电器为了让消费者觉得好看，所以不管怎么着，电机都得安在下面。"

盖尔从硬纸盒里掏出一瓶葡萄酒，把空盒塞到厨房的洗涤池底下。"垃圾都搁那儿吧，"她说，"你想喝点儿酒吗？"

冰箱发出轻微的嗡嗡声，这声音听着很亲切，令人安心。"那还用说。房东没切断冰箱的电源，说不定里面甚至还剩了些冰。"

"我就喜欢你这一点。半点儿礼貌都不讲。"

罗伯耸了耸肩："我是个野蛮人嘛。"他打开冷冻室，发现里面结满了陈年冰块，这些冰已经裹住了两个制冰格，以及一包放了许久的冻豌豆。不过，有个制冰格还没怎么冻结实，只要用力敲上一敲，就能把它弄松。他将那个制冰格敲松，捧着一把冰块，回到桌旁。

"还有的是呢。"他表示。盖尔撇了撇嘴，为他摆好了一只高脚杯，斟上酒。

罗伯往椅背上一靠，晃动着杯中酒，倾听冰块发出的叮当声。他啜了一小口，然后不喝了。这个冰块里是不是有只虫子？他用两根手指把冰块夹出来，举到灯下。

冰块有一面结了厚厚一层霜，只不过浸到酒里以后，凝霜已经开始融化。冰块内部，一个个小气泡形成了漩涡，但如果不仔细观察，根本就注意不到。在气泡后面——冰块的中心深藏着一个黑点。那是个生物，大小跟马蝇差不多，被封在了透明冰块的深处。他凑近了些，费力地凝视着。

他手中的冰块里有一头长毛猛犸象[①]。

深色的猛犸象有一身杂乱的长毛，红褐色脑袋的一端逐渐变细，是一根细如丝线的长长象鼻。两根几乎看不见的弯曲獠牙从它口中探出。象腿交叠，贴着身体。这是一只完美的微型长毛猛犸象，体形比面包屑大不了多少。

罗伯一动也没有动。寒冰冻得他的手生疼，但他忍着没动。他满脑子想的都是周六下午通常会上演的那类电影，开头就是有人发现冰块里冻了一只远古的动物。不过他提醒自己，一般而言，那类电影通常都是以远古动物吞噬人类的剧情结束。

"嘿，"盖尔说，"你看什么看得这么专心？"

罗伯张了张嘴，又闭上了。他轻手轻脚地把冰块搁到桌面上。冰块表面出现了水滴，流到桌面汇成一汪小小的水洼。

---

[①]长毛猛犸象：俗称长毛象，在气候寒冷的更新世广泛分布在欧洲、亚洲和北美洲的北部，距今约1万年前逐渐灭绝。猛犸象的灭绝被视为冰川时代结束的标志。

"盖尔，"他小心地说，"往这冰块里瞅瞅，然后告诉我，你看见了什么。"

盖尔学着他的模样，双手平放在桌上，身体前倾。"哇，"她轻呼道，"这真美呀！"

现在，要看清那个生物稍微容易了些。相对于体形而言，它的象牙很长——这是年龄的标志吗？而且颜色泛黄，其中一根的尖端折断了。它蓝色的眼睛眯着，小得简直看不见。长毛蓬乱无比，毛皮上还有几小片地方光秃秃的。

盖尔一跃而起，开始往洗涤池里放水。她端着一碗略微冒着热气的水回到桌旁。"来，"她说，"咱们把冰化开。"她万分小心地把冰块放进水里。

片刻后，罗伯说："冰化得好慢，是吧？"然后，他又不甘心地说："兴许我们该给史密森尼博物馆①之类的机构打个电话。"

"你能说服他们只是看看吗？"盖尔说，"我不信，他们只会从我们手里把它抢走。"

"没错。"罗伯表示同意，心中如释重负，原来盖尔也觉得没有义务把猛犸象拱手送人。

冰块终于融化了。罗伯用勺子把那头小小的猛犸象捞了出来。它一动不动地躺在他手心里，只有那么一点点大。忽

①史密森尼博物馆：位于美国华盛顿特区的博物馆，是世界上最大的博物馆体系，保管着众多艺术珍品和珍贵的标本。

然，他有些伤感。他本来以为解冻之后猛犸象就会活过来，但这样的想法明显有悖于逻辑。"给。"他说，然后任凭那小兽落入盖尔的手中。

盖尔把家中每个纸箱里的东西都倒在地板上，终于找到了一个放大镜。这时，她眯起眼睛，透过放大镜观察。"没错，就是长毛猛犸象，"她说，"你看看这双眼睛！而且——你猜怎么着——它脚趾上的皮是粉红色的！"她的声音低下来，变成了喃喃自语，然后再次提高了嗓门："喂，扎在它侧肋上的那些玩意儿是不是矛尖？"

罗伯刹那的悲哀在盖尔兴奋的激情中消融了。他探身靠近她肩头，也想瞧一瞧。

"我在想，怎么才能把这样的东西保存在透明的树脂里，"盖尔想了想，然后直起身子，转身面对罗伯，"冷冻室里说不定还有更多呢！"

盖尔带头走了过去。她打开冰箱，往冷冻室里望去。她用一根手指朝制冰格轻轻一推，眯起眼睛看了看周围的冰。紧接着她轻手轻脚地取出制冰格，查看了一会儿，然后望向冷冻室的一小片空处——那里还没有被吞噬一切的冰霜包裹。她轻轻吹了声口哨。

"怎么了？"罗伯问。

她摇摇头，仍然盯着冷冻室。

"怎么了？说呀。"

"我觉得你最好亲眼瞧瞧。"

罗伯单臂揽住她的腰，与她头挨着头——这样两人就都能看到冷冻室里的情形了。里面很暗，但还算看得清：冰层后面的空间被不明的光源照得半明半暗。罗伯的目光越过凝霜，落在了一个山峦起伏的微型国度上。它的一侧被一座小冰川遮挡，只是部分可见，前面最显眼的地方淌着涓涓细流——是一条迷你小河，河水从一片幽暗的北欧松林中蜿蜒穿过。

紧邻着河边的是一座小镇，石砌和木造建筑杂乱无章地混在一起，小镇四周环绕着高高的石墙。

"老天啊，"罗伯倒吸了一口凉气，"我们的冰箱里居然有一个失落的文明。"

两人瞪大双眼，对视了一眼，然后又惊异地重新望向冷冻室。

后方深处的光线很暗。罗伯一边无声地咒骂着昏暗的光线，一边尽力去看。这座城镇依水而建，呈半圆形，一条条街道组成了一座令人感到无解的迷宫。显然，这些建筑建得很随意，并没有什么章法可言。

在离镇中心不远的一座山丘上，矗立着一座教堂——虽然建筑低矮敦实，但仍然辨认得出是一座教堂——它俯瞰着整座小镇。河边耸立着一座城堡。其余所有的建筑都以教堂和城堡为中心，向四面八方延伸着。不过，城墙显然已是过时的遗迹，因为贫民窟——实际上就是一座座棚屋——就紧挨着城墙。某些地方的城墙上竟然出现了缺口，也许是筑墙的石头被运走了，成了建筑材料。有几条路从镇上延伸出来，穿过松林。其中一条大路与河水并行。

盖尔退后一步，说道："你知道吗，这完全不合情理。"

"是吗？"罗伯依旧凝视着冷冻室，没有抬头。

"我的意思是，这显然是一座中世纪早期的城市，而长毛猛犸象在新石器时代的某个时期就灭绝了。"

罗伯看向她。冷气从冰箱里渗出来。盖尔把一只手搭在他的手臂上，将他从冷冻室旁边拉开，轻轻关上了冰箱门。"咱们喝点儿咖啡吧。"她提议。

罗伯煮咖啡的时候，盖尔把已经斟好的酒倒进了洗涤池。他们对着杯中的肯尼亚咖啡沉思，谁都没有开口。盖尔用指甲尖轻抚那头小猛犸象。它情况不妙，已经开始腐烂了，仿佛在它结束在冰中的漫长岁月之后，时间追赶上了它的脚步。她朝罗伯挑了挑眉，他点点头，表示明白她的意思。

罗伯从厨房的窗户上方取下刚挂上去的吊兰，与此同时，盖尔把猛犸象包进了白色纸巾的一角。

他们拿着一把旧叉子，在吊兰底下的泥土里挖了个小洞，按最隆重的军礼埋葬了这个小家伙。

罗伯郑重其事地把吊兰挂回到钩子上。

两人一言不发，双双走回了冰箱。


他们一起打开冷冻室。罗伯瞅了一眼，张大了嘴。

小镇仍在那里。但就在他们离开的这段时间里，它不仅变了样，还扩大了。石墙倒了，教堂经过重建，改成了高耸的哥特式风格。不过，现如今教堂已不再俯瞰全镇，它只是众多宏伟建筑当中的一座而已。街道也拓宽了，小镇的地盘扩展到了左边冰层后面看不见的地方。现在，这里已经是一座城市。

然而，一场工业革命似乎正在如火如荼地进行，所以具体细节比先前更不容易看清了。林立的烟囱冲着冬日冰冷的天空喷出浓浓的黑烟。成百上千座小码头将河畔挤得水泄不通。为了腾出空间修建码头，城堡被拆掉了，细得不可思议的铁轨穿过所剩无几的松林，穿过冰川边缘，越过积雪覆盖的群山，通向某个看不见的目的地。

在短短几分钟内，小镇就发展成了城市。在他们的注视下，一座座建筑在眼前出现又消失，道路瞬间移动了位置。转眼间，城市的各片区域都被整体重建了。"那儿的时间肯定过得飞快，"罗伯说，"我敢打赌，就咱们站在这里的这一会儿，那里已经过去了好几年，或者几十年。"

这座城市忙碌不休，似乎在按照某种节奏活动。罗伯和盖尔看不见那里的人，车辆和载货的牲口也一样。因为他们移动的速度都太快了，快得看不见。但在街道上，车流汇成的图案闪烁着深浅不一的灰光，车多的地方颜色深，车少的地方颜色浅。

这里的建筑越来越宏伟，越来越巍峨。大概是随着钢梁结构的发现，大楼变得高耸入云。城市另一边的天空开始出现闪烁的幽光，罗伯和盖尔突然意识到，眼中所见的幽光是航线，来自隐藏在冰层后面的远郊机场。

"我看，他们已经发展到了现代。"盖尔说。

罗伯探身向前，想看得再清楚些，结果却遭遇了第一场核爆炸的冲击波。

亮光一闪，纯白的光填满了他的脑海。针刺般的疼痛感掠过他的双眼，他脚步蹒跚地从冰箱旁退开，一只手捂着脸。

"罗伯！"盖尔惊慌失措地大叫一声。从她的语气里，罗伯听得出来，她应该没事。刚才那关键一刻，她要么眨眼了，要么移开了视线。知道了这一点，他镇静下来，用力关上了冰箱门，才向后倒去。

各种残像在他脑海中灼灼燃烧：城市的四分之一突如其来地消失了，化作一个爆炸坑；在大坑出现之前消散的是一团蘑菇云，他下意识觉得那团蘑菇云很耀眼。在爆炸发生的区域，所有车流和生命迹象戛然而止。这些画面一幅接一幅，凌乱地堆叠在一起。

"罗伯，你没事吧？说句话呀！"

他仰面躺着，头枕在盖尔的腿上。"我……我没事。"他勉强说道。就在他说这话的时候，脑海中的残像汇聚在眼前。厨房的画面逐渐渗入一片明亮的虚空。细节起初还很模糊，不甚确定，然后变得鲜明起来。这种感觉就跟眼睛被闪光灯晃过以后一样，只不过残像是一小团蘑菇云。

"盖尔，"他的嗓音很沙哑，"他们那里正在打核战争。"

"好了，别激动。"她安抚地说。

他挣扎着坐起来："他们在我的冰箱里使用核武器，你却叫我冷静点儿？"

"不管怎样，保持冷静总不是坏事。"她坚持道，然后又咯咯地笑起来，"天哪，你真该瞧瞧你的脸！"

"怎么了？我的脸有什么问题？"她却只是摇头，笑得无法回答。他大步走到浴室，呆呆地盯着镜子。因为直接接触了核辐射，他的脸变得一片鲜红。"噢，天哪，"他说，"到了明天早上，会变成严重的晒伤。"

回到厨房，他惊魂不定地打量着冰箱。"我来吧。"盖尔说。她小心地把头扭向一边，把冰箱门拉开了一丝小得不能再小的细缝。

十几道光忽明忽暗，就像一台严重失灵的频闪仪。墙壁反射出的亮光将盖尔和罗伯都晃得眼花缭乱。很明显，核武器的威力增加了，当量估计已经上升至百万吨级。盖尔砰的一下关上了冰箱门。

罗伯叹了口气。"好吧，我看，指望他们在短短两分钟内就休战，未免太不切实际。"他无奈地看着盖尔，"可我们现在怎么办？"

"出去买个比萨？"她提议。

他们吃完比萨饼的时候，太阳已经落山了，只在天空中留下一抹淡淡的金色。罗伯将最后一块差不多凉了的比萨饼吃掉，盖尔把盒子和剩下的碎屑都倒进了洗涤池下面的硬纸箱里。

"已经两个多小时了，"罗伯说，"现在他们肯定已经重建了吧。"

盖尔抚摸着他的手臂，轻柔地捏了捏："罗伯，他们说不定已经灭亡了。我们必须正视这种可能性。"

"是啊。"罗伯把椅子往后一推，站了起来。他感觉自己拿出了约翰·韦恩①的气势，朝着冰箱前进。"咱们瞧瞧。"他说着，猛地把冰箱门拉开了一条缝，没有半点动静。他把门完全打开了。

冷冻室依旧完好如初。冰层一角有一团黑色的污渍，仅此而已。他们小心翼翼地朝里望去。

那座城市依然坐落在冰川与冰河之间，它并没有在宛如末日的核战争中毁于一旦，却发生了变化。

摩天大楼一直在升高、在演进。大楼犹如高高的嫩叶，闪烁着柔和的金绿色光辉。在童话般的高楼间出现了空中步道。"看哪，"罗伯指了指那些丝线般的结构，它们在城市中编织出了错综复杂的图案，"单轨索道！"

高楼之间的空中出现了闪烁不定的微粒。罗伯很好奇，

---

①约翰·韦恩（John Wayne，1907—1979）：美国男演员，以饰演西部片和战争片里的硬汉著称。

这些究竟是飞车，还是载人喷气背包？答案无从知晓。在雨后的城郊，闪闪发亮的穹顶如春笋般涌现。那些又是什么？

"看着像童话《绿野仙踪》里的翡翠城，"盖尔说，"唯一的区别在于它不光有绿色。"罗伯点头表示同意。接下来，应该是又有一些新技术出现了，城市再次发生了变化。此时，构成这些建筑物的似乎是凝结的光，也可能是光雾形成的晶体。无论是由什么构成的，这些建筑都不完全是固体。它们隐入了并不存在于此空间的维度中。

"我觉得时间流逝的速度正在加快。"盖尔小声说。

这座城市在随着某种超凡脱俗的切分节奏①跃动起舞。它生出花朵和嫩芽，在天空中绽放，化作五彩缤纷、香气缭绕的烟花，发出奇形怪状的悦目光华。这真是一座不可思议的顽皮之城。

还有某种东西正从冷冻室里透出来，似乎是一种广播节目。罗伯和盖尔感知到了彩色的闪光，还有难以理解的信息。这些内容或许是直接传进了他们的大脑，或者直接传入了他们的神经网络，甚至有可能直接传进了他们体内的每一个细胞，但他们丝毫无法理解其含义。接着，技术又发生了转变，这样的感知随之中断。

但这座城市依旧在变化，变化的速度还在加快。现在，

---

①切分节奏：旋律在进行当中，由于音乐的需要，改变常规的节奏规律，音符的强拍和弱拍发生了变化和强调而出现的节奏变化。

那些缥缈的高楼摇晃着，犹如飓风抽打下的海藻叶片。现在，这座城市的半径先是迅猛地向外扩展，又迅猛地向内塌陷。这样的过程周而复始，就像一个搏动的光圈。硕大无朋的机器在空中有节奏地跳动，然后不见了影踪。光线形成的高速公路向外延伸，上升到夜空中。速度快得根本看不清，只觉得有一种不可思议的庞然大物笼罩在城市上空。

这时，变化的速度越发快了——仿佛这座城市正为了追求某个特定的目标，在甄选和否定其他替代性的布局。高楼变成由一堆堆橙色钻石、一个个彩色球体矩阵、一片片缠结起来的有机藤蔓。城市化作了一个蜂巢、一块毫无特色的巨石、一个超现实主义风格的生日蛋糕。

这个过程持续了整整五分钟。然后，有那么一瞬间，城市达到了一种与水晶体相似的完美形态，所有的变化和运动就此止歇，在那既短暂又永恒的瞬间里，没有任何动静。

然后，城市爆炸了。

一道道光束和光格如同扭曲的顽皮激光射向了空中，射入了大片冰层之间，射进了厨房。在洗涤池和烤箱上方，大片色彩绚丽的图形闪烁着。它们先是逐渐隐没，接着再度隐约出现，然后消散无踪。城市升到空中，分解成了组成其各个部分的平面和立方体。在极为短暂的一瞬，它发出了歌声。在极为短暂的一瞬，它既存在于冰箱内，也存在于厨房里，仿佛它的体量过于庞大，任何地方都容不下它。

然后它便不见了。它没有朝着他们能够理解的任何一个

方向移动，就这么不见了。

他们站在原地，眨着眼睛。在见识过城市的光辉和艳丽之后，冷冻室显得暗淡又寂静。盖尔惊奇地晃了晃脑袋。罗伯轻柔地抚摸着冰层。此刻，在那座城市曾经矗立过的地方，只剩下几堵了无生气的城墙和几处年代久远的废墟半埋在飘落的雪花间。

就在他们睁眼注视的时候，在时间无情的冲刷下，文明仅存的这点残迹在他们眼前碎成了尘埃。


"我想知道的是，他们去哪儿了。"罗伯关上了冰箱门，"其他维度？"

盖尔没有立即回答他。过一会儿她才说道："我怀疑我们能否理解得了。"她睁大了眼睛，神情严肃。

即便如此，当罗伯走到冰箱后面拔掉插头时，她并没有表示反对。他们站在那里，盯着冰箱，默不作声地看了半晌。

"我们要先用氨水把它清理干净，然后再重新通电。"罗伯说。

盖尔拉住了他的手："来吧，咱们睡觉去吧。"

次日早晨，罗伯睡眼惺忪地醒来，皮肤上残留着晒伤的痕迹。他跟跄着走到厨房，煮好了咖啡，然后不假思索地打开冰箱，想取点儿牛奶。

冰箱里有股浓郁的湿气，散发着食物开始腐烂的那种浓烈刺鼻的味道。罗伯皱了皱鼻子，正要关门，但又一时心血来潮地朝冷冻室里扫了一眼。

　　冷冻室内湿漉漉的，一片葱翠。一头体长不超过他拇指的雷龙在丛林中笨重地抬起头来，冲着他眨了眨眼。

（罗妍莉　译）

## 关于作者和作品

　　《冰河时代》的作者迈克尔·斯万维克（Michael Swanwick）是美国当代著名科幻小说作家，他的多篇中短篇小说都获得了国际幻想文学界的顶级奖项：《世界边缘》获得西奥多·斯特金奖，《无线电波》获得世界奇幻奖，《潮汐站》和《狗说汪汪》获得星云奖，《机器的脉搏》《恐龙协奏曲》《缓慢生长的生命》《时空军团》获得雨果奖。

　　作为电视剧《爱，死亡，机器人》第一季的原著之一，《冰河时代》是一个通过冰箱审视人类社会文明的黑色幽默故事。一对年轻夫妻搬进新公寓，从房东留下的旧冰箱的冷冻室里取出冰块，却发现冰块中有一头小黑点大小的长毛猛犸象。随后，他们发现冰箱里的文明在快速发展，从中世纪到近代，再到核武器出现的现代，接着是超现实主义的未来……变化无尽又光怪陆离，让人目不暇接、啧啧称叹。最后，城市达到完美形态，爆炸后消散无踪，冰箱里的文明开始了下一轮循环。人类文明是否也在循环往复？这是故事带给我们的思考。也有科学家猜测，在人类出现之前地球上可能也曾经有过先进的文明，比如亚特兰蒂斯文明。毕竟科技是一把双刃剑，强大的科技足以毁灭一切，包括人类自己。因此，人类要始终保持警醒和反思。

# 飞向冥王星

叶永烈

## 一对奇怪的夫妻

4月24日清晨，当火红的太阳冉冉升起的时候，全国亿万观众早已围坐在电视机前等候了。

早在一个月前，报纸、杂志、电台和电视台就已预告：4月24日8时，中央电视台将通过卫星向全国、全世界转播重要新闻。

转播的时刻就要到了，人们目不转睛地注视着电视屏幕。

4月24日是什么日子呢？啊，它是中国宇宙航行史上十分具有纪念意义的日子——我国第一颗人造地球卫星就是在1970年4月24日发射的。如今，中国宇宙航行研究所在成功地完成了向月球、金星、土星、水星发射载人宇宙飞船的计划之后，制订了新的"424"宇宙飞行计划，也就是要在今年4月24日发射一艘飞向冥王星的载人宇宙飞船。

冥王星位于太阳系的"边疆"。天文学家们都爱这么说："在冥王星之外，就不再是太阳系的王国了！"没有人去过这颗遥远的矮行星。对这个谜一样的世界，有人猜测，冥王星跟地球差不多，也是由石头组成的；又有人猜测，冥王星上很冷，温度低至零下210摄氏度；还有人猜测，冥王星上有空气，有宝贵的稀有金属……然而，猜测只是猜测而已，终究还是要"眼见为实"。

"424"宇宙飞船定于上午9时起飞，隆重的起飞仪式定于8时举行。"嘟，嘟——"在报时信号的最后一声结束后，中央电视台的播音员播报道："刚才最后一响，是北京时间8点整。"立时，电视屏幕上出现了高高竖立着的火箭发射架，发射架上装着"424"宇宙火箭。那尖尖的火箭头，犹如一把利剑直指苍穹。接着，屏幕上出现了"424"宇宙飞行员的特写镜头。

嗬，那是一个多么英俊的小伙子——古铜色的脸、粗黑的眉毛、聪颖的眼神。播音员介绍说："这就是第一个即将飞向冥王星的人——'424'宇宙飞行员吉布。他是藏族人，今年29岁。"

紧接着，镜头转向了前来送行的首长与各界代表，最后是吉布的家属。一位老态龙钟、挂着拐杖的藏族老太太出现在屏幕上。观众们猜想，这准是吉布的奶奶。

播音员却出人意料地介绍说："这是吉布的爱人，名字叫珠玛，今年85岁。"

播音员的话音刚落，电视台马上接到了许多电话。这些电话纷纷责问播音员为什么那样大意，以致念错了稿子。然而，播音员却在电视上继续说道："珠玛和吉布在同一年出生，两人在27岁时结婚。"观众们感到更加莫名其妙，打给电视台的电话越来越多。

有趣的是，当屏幕上出现一对年过半百的男女时，播音员又介绍说："这是吉布的儿子和儿媳妇，今年都是57岁。"嘿，又是一桩怪事！父亲29岁，儿子57岁？更有趣的是，一个青年人走上前去，吉布亲昵地用手抚摸着他的头，他俩看上去仿佛亲兄弟，这时播音员却说："这个青年29岁，跟吉布同龄，但他是吉布的亲孙子！"

"真是颠三倒四！"千万观众对播音员恼火透了。有人甚至怀疑：播音员今天是不是精神不大正常？

观众对播音员不满的情绪愈演愈烈，闹得连吉布也知道了。他赶紧走到电视摄像机前，向广大观众解释道："观众朋友们，刚才播音员说的没有错，85岁的珠玛是我亲爱的妻子！这样吧，等我飞上太空之后，请珠玛向大家讲一讲，为什么我们同年出生，现在却相差56岁。"经吉布亲自解释，观众们顿时从不满转为惊讶，并急切地想知道其中的奥秘。

# 一根藤上的苦瓜

一道强烈的亮光从电视屏幕上闪过，"424"宇宙火箭载着"424"宇宙飞船和吉布离开了地球。它以每秒16.3千米的速度，朝着遥远的冥王星进发。

应观众的强烈要求，电视台播放了老珠玛的讲话。85岁的珠玛只会讲藏语，因此由她的孙子来当翻译。珠玛陷入痛苦的回忆中，她用低缓的语调讲述着辛酸的过去。

我和吉布是同一年来到这个世界的。我们都出生在世界上海拔较高的城市之一——拉萨。我生在一个农奴家庭，父母是奴隶。我从四五岁起，就给布达拉宫织氆氇（一种羊毛织品）和藏毯，每天从早上织到深夜。

吉布生在拉萨八角街南面的邦仓。藏语里的"邦仓"，就是"乞丐之窝"的意思。吉布3岁时死了父亲，5岁时又失去母亲，后来被布达拉宫的农奴主抓去，成为小农奴。吉布每天都要沿着布达拉宫高陡的石阶从下往上艰难地背水，一天要背几十趟。

我和吉布是在皮鞭下长大，在苦水中相爱的。我们都盼望着什么时候能够挣脱枷锁，过上自由美好的生活。

一天深夜，我的父母指着闪烁着银光的星星对我和吉布说："那个遥远的星球上，既没有农奴主，也没有野兽，只有白云般的羊群，绿毯一样的青草地。"

我和吉布连忙说："星星上是这样好！我们要是能到星星上去，该多好啊！"

　　爸爸的脸上露出一丝难得看到的笑意，他说："听老人讲，在珠穆朗玛峰的顶峰上，住着一位善良、热心的女神，名叫珠穆朗桑玛。谁能攀上这座世界上最高的山峰，找到珠穆朗桑玛，谁便能被女神用双手举起，送到星星上去。"

　　从那以后，每当夜深人静时，我和吉布就仰望夜空，凝视着那闪着银光的星星。

　　后来我的父母死了，我和吉布更是相依为命。我们要求结婚，喇嘛说："给寺院捐三桶酥油点灯，就让你们成婚。少一滴也不行！"我们穷得连饭都吃不上，只有满身的汗，哪来半滴油！

　　在一个万籁俱寂的深夜，我和吉布望着天上的星星，想起我父母生前所讲的那令人向往的神话世界，决定连夜逃出这吃人的魔窟。我们悄悄翻过布达拉宫高高的围墙，朝着珠穆朗玛峰奔去。

　　这时，我和吉布已经27岁了。我俩在荒原上结了婚。我们走啊走啊，历尽千辛万苦，终于来到了定日城（今西藏日喀则市定日县），看到了日夜盼望的珠穆朗玛峰。珠穆朗玛峰就像一个披着银装的巨人，高不可攀。我们仰望着那耸入云端的峰顶，除了白云、积雪，什么也看不见。善良的珠穆朗桑玛女神啊，你在哪里？

　　我们到珠穆朗玛峰脚下的绒布寺，求神帮助。绒布寺的喇嘛见我们衣衫破烂，又是拉萨人，硬说我们是逃犯，把我们关进了阴森森的地牢。在地牢里，我俩对着苍天，轻轻呼唤着珠穆朗桑玛女神的名字。看守地牢的老人也是个受苦受难的农奴，他很同情我们。一个深夜，他打开地牢的门，放走了我和吉布。

高原上的夜是寂静的，寒冷的。我们光着双脚，踏着积雪，匆匆地向珠穆朗玛峰逃去。脚冻僵了，麻木了，可我们还是不停地走着。

没想到，我们逃走不久就被发现了。绒布寺的喇嘛派出藏兵追捕我们。那时我已经怀孕，加上疲劳和饥饿，我渐渐跑不动了。吉布先是扶着我走，后来背着我，越走越艰难。我们抬头向天上望去，不仅星星非常遥远，珠穆朗玛峰峰顶也非常遥远。我们多么渴望珠穆朗桑玛女神能来解救我们啊！可是，哪里有她半点儿踪影？

眼看追兵就要到了，我求吉布放下我，赶快逃生，可吉布不肯。我安慰他说，只要找到了女神，就能救我出来，我们还能一起到星星上去。吉布实在想不出别的办法，只得放下我，一个人向峰顶奔去。

我昏了过去。当我醒来时，自己已经躺在了地牢里。我的身旁躺着一个死了的男人。天哪！他就是那位好心放我们出地牢的老人！后来，我被作为绒布寺的邀功"礼品"送回了布达拉宫。

我在牢房里生下了儿子。深夜，我怀抱儿子，想念着亲爱的吉布。我想，珠穆朗桑玛女神一定会救他的。

我的眼睛坏了，在牢房里用手摸索着，继续给农奴主织氆氇和藏毯。我和儿子受苦受难，什么时候才能熬到头啊？

终于有一天，牢房外响起了动人的歌声：

喜马拉雅山再高也有顶，
雅鲁藏布江再长也有源，
藏族人民再苦也有边，
共产党来了苦变甜。

接着，打开牢门的声音响起。啊，解放军来了！从此，我过上了蜜糖般甜美的生活。儿子结婚了，我有了孙子。我的眼睛接受了人工角膜移植手术，我得以重见光明。夜晚，当我抱着小孙子数星星的时候，我会不由想念起吉布。这么多年了，吉布还在人世间吗？

我坚信吉布没有死。果真，他活着回来了！我惊喜万分……

吉布是怎么回来的呢？杨大夫在这里，这要请他来讲一讲啦！

## 死而未僵的人

杨大夫是一位50多岁的男医生，他戴着一副紫红色的框架眼镜，一派学者的风度。他不慌不忙地向亿万电视观众讲起他是如何找到吉布的故事。

吉布和珠玛同年出生，为什么吉布29岁，而珠玛却已经85岁了？别急，先听完下面的故事。

前年，我随科学考察队对世界最高峰进行了综合科学考察，大本营安扎在绒布寺。

一天，我正在大本营的医务室值班，突然，电话铃响了。我拿起听筒，可视电话上的屏幕也跟着亮了，上面出现了激光小组组长老丁焦急的脸庞。"杨大夫，请你马上到北坳来。这儿死了人！"我放下听筒，立即跳上停在门口的蜜蜂牌微型直升机。这种直升机小巧玲珑，启动迅速，可以坐两至三人，在冰雪高原上常被用作交通和救护工具，十分方便。只花了几分钟，我就来到了北坳。我跳下直升机一瞧，老丁和他的四个组员都好好的，哪里死了人？

"老丁，你可真会开玩笑呀！"我没好气地说。

"谁开玩笑？科学家是不撒谎的！"老丁指着激光电视让我仔细看。哟，屏幕上出现了一个人的后脑勺！"这就是死人！"老丁指着屏幕说。

我环顾四周，除了刺目的白雪，并没有看到什么后脑勺。经老丁解释，我才明白：原来，他们小组在用激光电视进行观测。激光是一种能量很强的光束，能够透过厚厚的积雪。用激光照射后，激光电视的屏幕上可以显示出积雪下面的景象，激光电视也能同时测量出积雪的厚度。根据观测，老丁他们断定，积雪中埋着一个人。他们把镜头拉近，不断调节激光的强度，不仅清楚地看到了那个人的后脑勺，还看到了他的脑血管中停止流动的血液。他们估计这是一个好多年前就死去的人，被埋在积雪层10米以下的地方。我端详着屏幕上的后脑勺——的确，这是一个早已死去的人的尸首。

这时，空中响起一阵隆隆声，一大群微型直升机朝这儿飞来了。原来，老丁也向大本营指挥部汇报了这一情况。指挥部马上派来了大批科考队队员，他们带着电铲来到了现场。

老丁用红色染料在雪地上画好一个圆圈，十几把电铲迅速地铲除了圆圈内的积雪。没用多长时间，队员们就铲出了一个挺深的雪坑。然后几个人改用小巧的工兵锹，小心翼翼地挖掘，以防碰到死者。过了半个多小时，死者的后脑勺终于露出来了，跟在激光电视上看到的一模一样。紧接着，整具尸体都被挖了出来——死者留着很长的头发，穿一件破渔网似的单衣，腰间束着一根草绳，身体高大，是个男人。他背朝天扑在地上，手脚张开，光脚板上结着厚厚的茧。死者的特征表明，他既不是达官富绅，也不是外国的探险队员，而是一个穷苦人。他是在同严寒的搏斗中死去的。令人感到惊异的是：一般的冻死者会脸色铁青，全身像冰块一样坚硬，可这个死者的关节竟然能够活动！我轻轻一翻，就把他翻过来了。他的双手和双脚在被翻动的过程中，自然而然地向下垂，整个人从"大"字形变成了"介"字形。更奇怪的是，这个死者脸色红润，皮肤有弹性，仿佛活人一般。不过，我把听诊器放在死者心脏的位置细细听，却听不到半点儿搏动的声音，他确实已经死去了。

"这是一具罕见的尸体，值得深入研究。"我向老丁建议。我们在死者身上重新覆盖积雪，将其暂时封存在这里。

一回到绒布寺大本营，我便马上请指挥部批准我连夜返回北京。指挥部的领导问我原因，我回答说："因为这是一项重要的研究工作，要请中国医学研究院的赵院长来亲自主持。"

指挥部赞同我的意见，于是派了一架特快专机，当晚便送我回到北京。关于之后的情况，请我的老师赵院长给观众朋友介绍。今天她老人家也来给吉布送行，现在就请赵院长来讲吧。

## 冰冻的奥秘

赵院长到底是老教授，当摄像机的镜头对准她时，她从容不迫、有条不紊地讲了起来。

杨大夫千里迢迢从"世界屋脊"赶回北京来找我，是因为他知道我正在从事一项使生物"死而复生"的研究工作。其实，这项研究早在19世纪就开始了。

19世纪20年代，英国探险家约翰·富兰克林在北极旅行。有一次，他点燃篝火，发现火堆旁边完全冻僵了的鱼突然摆动着尾巴复活了。英国探险家约翰·罗斯也在南极做过动物死而复生的试验。罗斯把30条蝴蝶的幼虫放在零下42摄氏度的严寒中，待它们冻死后再把它们端回温暖的船舱里。那30条幼虫居然都蠕动起来——复活啦！接着，罗斯又把幼虫拿出去，在严寒中冻了一个星期，之后再逐渐温暖它们的身体——结果仍有23条幼虫复活。第三次冰冻后，幼虫复活了11条。第四次有两条。1911年，人们在西伯利亚的永久冻土带里挖出了一只冻了几千年的猛犸象。有人从猛犸象的鼻黏膜上刮下一些东西，放在温室中培养，再用显微镜观察，结果发现部分被冰冻了几千年的细菌又活过来了！1973年，美国科学考察队在南极进行冰上钻探，从厚厚的冰层下面取出泥土样品进行培养，发现这些被冰层封冻达10万年之久的泥土中，居然也有复活的微生物！

这种种奇妙的复活现象给人们以启示：如果把动物或人冰冻起来，岂不就可以做到使生命暂时"封存"？过一段时间再进行解冻，是不是就能使生命复苏？

早在18世纪，英国著名的外科医生约翰·亨特就曾设想："我认为，把人放在非常寒冷的环境中，让人体处于冰冻状态，停止能量与物质消耗，无限地延长其生命或许是可能的。我甚至设想，如果一个人肯牺牲自己生命中的最后10年，在这10年中不断地停止自己的生命活动，而后重新活跃起来，那么这将会使他的生命延长到1000年。每隔100年复苏一次，这个人将有机会了解他处于冰冻状态时世界所经历的一切。我也像所有的发明家那样,准备亲自体验这种状态……"亨特当时的确打算拿自己来当试验品,不过他先用两条鲤鱼进行了试验,结果失败了——冰冻的两条鲤鱼都死去了,没能复活。这使亨特大为失望,不得不放弃了原先的计划。

我查阅了许许多多关于用低温"储存"生命的文献,着手做了很多试验,其中最成功的是用金鱼做的试验。我用镊子把金鱼从水里夹出来,等它的表面稍微干一些之后,迅速把它头朝下插到零下200多摄氏度的液态空气里,金鱼立即被冻僵了。而当我再把金鱼放回温水里后,它复活了,摆动着它那轻纱般的尾巴游来游去。但当我改变了试验的方法后,得到了完全不同的结果。我把金鱼放在冰冻机里,慢慢降低温度,一直降低到零下200多摄氏度。这时,金鱼被冻得硬邦邦的。我再把金鱼放回温水中,金鱼却死了!我反复试验,结果都一样。我追本溯源,希望探寻其中的奥秘,却百思不得其解。

一个寒风呼啸的夜晚,我离开实验室时,忘了关紧门窗。半夜,寒风吹开了窗户。第二天清早,我发现靠窗放着的一个养金鱼的玻璃缸被冻裂了。这一偶然事件给了我很大的启发,多日来冥思苦想而不得解的难题,终于有了答案。我知道,金鱼缸破裂是因为水结成了冰。水有个怪脾气,它的体积在4摄氏度时最小,而当水结成冰后,它的体积就会膨胀。水一撑,便把玻璃缸撑破了。这使我不由得想到,金鱼受冻时，身上的一个个细胞就犹如一只只小玻璃缸。当温度慢慢下降到0摄氏度以下，细胞里的水就会因为结冰而膨胀，进而把一个个细胞的细胞壁都胀破。这样，即使把金鱼放回到温水中，它们也会因为身上的细胞破裂而无法复活。如果一下子把金鱼浸到液态空气中，温度在一刹那从十几摄氏度降低到零下200多摄氏度，那细胞中的水还来不及膨胀就凝结成了冰，这样，细胞壁没有破裂，金鱼才有希望复活。

　　过去，我只做过金鱼、虾、乌龟和青蛙之类的小动物的复活试验，从来没有做过人的复活试验。那天，我听完杨大夫的汇报，心里充满了信心。因为那个死去的人没有被冻僵，也就是说，他的肌体组织没有被破坏。我曾检查过许多被冻死的人的尸体，他们的肌肉都是硬邦邦的。用显微镜观察，可以发现死者身上的绝大部分细胞都破裂了。这样的死者，一般都是慢慢受冻而死的。高山上，常有温度极低的寒流突然横扫而来。我估计珠穆朗玛峰上的这个死者可能是突然遇上了温度极低的寒流，体温在短时间内降到了零下，一下子就被冻死了。这样的话，他体内的细胞就没有破裂，所以肌体仍富有弹性。

　　当天夜里，我组织召开了中国医学研究院的教授会议。会上，由杨大夫详细报告了珠穆朗玛峰上的奇遇，然后我们讨论了复活死者的具体措施。我和研究小组的同事通宵达旦地准备好复活用的医疗器械。第二天上午，中国科学院派来了一架专机。我们带上了各种医疗器械，准备和杨大夫一起飞往珠穆朗玛峰。在飞机即将起飞时，中国宇宙航行研究所的所长盛星先生带着两位研究人员，驾驶着高速轿车来到飞机舷梯旁，他们也是去研究这位奇特的死者的。于是，我们一同飞往珠穆朗玛峰。

亲爱的观众，你们一定会感到奇怪：研究生命的冷冻跟宇宙航行有什么关系呢？这个问题该请今天主持"424"宇宙飞船起飞典礼的主席、中国宇宙航行研究所的所长盛星先生来回答。

## 妙手回春

盛所长前额微秃，身体十分壮实，他用一口标准的普通话将一个奇迹般的故事娓娓道来。

那天，我们搭赵院长的专机在中午时分到达珠穆朗玛峰脚下的绒布寺。紧接着，我们换乘微型直升机，来到北坳现场。赵院长细心地检查了死者的身体后，便把死者放进一个隔热的长方形塑料泡沫箱子里，用微型直升机运往拉萨。

当天下午，赵院长和杨大夫在拉萨医院的手术室里，为死者实施了复活手术。

手术台上方装着一排奇特的灯，这些灯的灯管有两根普通日光灯的灯管那么长，一根紧接一根。它们是红外激光灯，能发出高热，使物体的温度在刹那间上升。经过赵院长检查之后，大家便把装着死者的箱子放到了手术台上。护士开始往箱子里输氧气，接着赵院长下令打开箱子。箱盖刚一掀开，她立即按动电钮，红外激光灯亮了两秒后立即熄灭了。手术室里一片寂静，大家的目光都集中在死者身上。

这时，死者的头发和胡子上的冰花都化成了水滴，皮肤表面的冰雪也化了，这让他看上去不像是一个冻死者，倒像是刚从水里被捞上来的溺死者。他的体温从零下二三十摄氏度一下子升高到0摄氏度以上。

赵院长让一个助手启动心脏起搏器，另一个助手则开始给死者做人工呼吸。

没多久，奇迹出现了：死者那紧闭着的双眼竟睁开了一条细缝，嘴巴里的舌头也向外伸了一下。

再过一会儿，那死者突然张大嘴巴，"哇"的一声吐了一口黄色的水。他的眼睛睁得大大的，惊异地看着我们。

我们也以极其惊异的目光看着他：冻死那么多年的人居然复活了！

"咕叽咕叽！咕叽咕叽！"复活者吃力地发出微弱的声音，讲出了第一句话。

我们呆住了，不知道这"咕叽咕叽"是什么意思。一位藏族医生告诉大家，这是"帮帮忙""行行好"的意思。原来复活者是口渴，要我们"行行好"，给他一点儿水。赵院长立即给他喝了一杯糖水，并为他注射了葡萄糖和生理盐水。接着，赵院长又给了他一大杯热牛奶。起初他只是一匙一匙地喝，后来竟能"咕噜咕噜"大口大口地喝，仿佛饿极了。没过多久，他竟能坐起来，自己拿着杯子，把牛奶喝完。

复活者喝完牛奶，用感激又惊疑的目光扫视着周围这些穿着白衣服的陌生人。

赵院长笑着拍了拍复活者的肩膀，劝他先去休息。他被抬上小车，送进病房。赵院长嘱咐护士要让复活者静养三天，恢复身体的各种功能。

趁赵院长休息，我问她："死者为什么能复活？"她告诉我："人或者动物，只有在迅速被冷冻的条件下，才能冻而不死、冻而不僵；同样，也只有在快速升温的条件下，医生才能做到让人死后复活。"

第四天上午，我走进了病房。这时的复活者刚喝完一大杯牛奶、吃完五块蛋糕，正在病房内散步。他完全变样了：长长的头发已被剪短，长胡子刮得干干净净，脸色红润，目光敏捷，看上去是个英俊的青年。他笑着向我们合掌、鞠躬，请我们坐。

"他叫什么名字？"我请那位藏族医生担任翻译。

"我叫吉布，是布达拉宫的农奴。"他十分流利地答复我。

接着，他向我们讲述了自己的经历。那天，为了逃避喇嘛的追捕，他和妻子珠玛分手之后，独自在茫茫黑夜中攀登珠穆朗玛峰。他要去寻找善良的女神珠穆朗桑玛，让她去搭救珠玛。谁知女神的踪影没见到，却遇上了凶神——暴风雪。一刹那他就失去了知觉。

"洞中方数日，世上已千年。"复活后的吉布明白了救命恩人并不是女神珠穆朗桑玛，而是共产党和解放军。

半个月后，吉布的身体完全恢复了。那天，他穿上簇新的藏族服装，兴高采烈地让我陪他去布达拉宫。吉布从来没看见过汽车，当他坐上小轿车，飞驰在公路上时，脸上的笑容中蕴含着惊讶和幸福。到了布达拉宫，我打开车门，他像长了飞毛腿似的，沿着石阶向上飞奔。我被远远地甩在后面。当我上气不接下气地跑上去之后，只见吉布合着掌、弯着腰，一动不动地伫立在一间阴森森的房间前。原来，这里是珠玛曾经织氆氇和藏毯的地方。如今这间房间的门口挂着一块小木牌，上面写着：农奴曾经住的地方。

吉布刚才那喜悦的神色不见了，脸上挂满痛苦的泪水：珠玛在哪里？她还活在人世吗？我们多方寻找，然而并没有她的下落。我陪着吉布走下布达拉宫，坐上小轿车。一路上，吉布如同哑了一般，呆呆地看着窗外的一切。小轿车跑了一段路之后，突然发生故障，抛锚了。我和吉布走下车来，站立在公路桥的桥头。

这时，一位80多岁的藏族老奶奶从河边慢慢地走上公路桥。走着走着，她突然像触电似的猛然高举起双手，手中挽着的竹篮掉在了地上。她略微镇静了片刻，然后似乎做出了肯定的判断，高喊了一声"吉布"，然后飞快地奔过来。她在吉布面前细细打量了一番，又叫了一声："吉布！"

吉布却用怯生生的目光打量着这位耄耋之年的老奶奶。

他迟疑了好久，慢慢用双手捧起她的右臂，捋起袖子——只见那臂膀上有一道长长的刀疤。这时，吉布的眼眶里充满了泪水，他激动地喊了一声："珠玛！"

小轿车似乎也随着吉布的心情好转而变得正常起来，它迅速把这对久别重逢的夫妻送到了拉萨医院。

讲到这里，我该说一点儿跟我有关的事情了。那时候，我正在制订"424"宇宙飞行计划。我们遇到了一个难题：根据电子计算机的计算，"424"宇宙飞船即便是用目前最快的飞行速度——每秒16.3千米，飞到遥远的冥王星也要45年又149天。就算"424"宇宙飞船一到冥王星便立即返航，这一来一去也要90年又298天。也就是说，即使在起飞那天，在"424"宇宙飞船上放一个刚刚出生的婴儿，那么当飞船返回地球时，婴儿也已经快91岁了！

怎么办呢？有人建议，用机器人代替宇宙飞行员。可是，机器人终究是机器人呀，它无法完成许多只有人才能完成的科学考察工作。正当我一筹莫展的时候，一天清早，中国科学院院部突然打电话给我，叫我立即赶到首都机场，搭乘赵院长的专机去西藏。

当看到吉布讲出"咕叽咕叽"这句话时，我高兴极了！我终于找到了解决"424"宇宙飞行计划难题的金钥匙！

我很快就拟订出解决"424"宇宙飞船载人问题的计划：在宇宙飞行员登上宇宙飞船之后，迅速把他冷冻起来，让生命暂时凝固。当宇宙飞船经过45年的飞行，快要到达冥王星时，再将舱内温度迅速升高，使宇宙飞行员复活过来，由他操纵宇宙飞船在冥王星上着陆，进行科学考察。在宇宙飞船返回地球的过程中，宇宙飞行员将再次被冷冻起来。又一个45年后，宇宙飞船回到地球，此时再将舱内迅速升温，使宇宙飞行员复活。他在地球上安全着陆后，将走上科学讲坛，向人们讲述他在冥王星上的种种奇遇。其间，他虽然经历了90年的漫长旅行，但实际上他只耗用了一年，甚至不到一年的生命！他依然是那么年轻，那么富有青春的活力。

"424"宇宙飞行计划获得了上级的批准。剩下的问题是：由谁来做第一个飞向冥王星的人？

很快，我们收到了来自全国各地的上万封热情洋溢的信。来信的有空军战士、边防哨兵、潜艇水兵、篮球运动员、钢铁工人、地质勘探队员、大学生……他们都争着报名，要当第一个飞向冥王星的人，为祖国贡献自己的青春。突然，我收到了吉布的一封信：

亲爱的盛所长：

请批准我成为第一个飞向冥王星的宇宙飞行员。我已经有了一次死而复活的经历，说明我的身体完全能够经受得住低温的考验。

我是在万恶的农奴制度下死去的人，是共产党、新社会给了我第二次生命。我愿意把这第二次生命献给祖国的宇宙航行事业，献给祖国的科学研究事业。我的妻子珠玛也完全支持我的请求。

吉布

写于拉萨

　　我读了这封信，心情久久不能平静。我在中国宇宙航行研究所的全体大会上宣读了吉布的来信。大家一致认为，吉布可以作为第一个飞向冥王星的宇宙飞行员。

　　经过严格的体格检查，我们确认吉布完全合乎要求。于是，他以顽强的毅力，在较短的时间内学会了汉语，掌握了数理化基础知识，接受了各种复杂的宇宙飞行训练，成了一名出色的宇宙飞行员。

## 关于作者和作品

　　叶永烈是我国著名科普及传记作家、历史学家、报告文学作家，一生出版作品字数逾3500万，多篇作品入选小学语文课本。其中《飞向冥王星》于1978年发表后，马上引发轰动，报纸、杂志争相转载，还被改编成电影文学剧本、连环画等。

　　小说通过多人口述，讲述了宇航员吉布起死回生与"424"宇宙飞行计划成功启动的故事。青年吉布在逃命途中，遭遇暴风雪，冻死在喜马拉雅山，深埋在积雪下。数十年后，在珠峰进行科学考察的科考队发现了死而未僵的吉布。经过救治，吉布得到重生，并且依旧年轻，而此时，他的妻子珠玛已经是八十五岁高龄。经这一奇迹的启示，在多次实验的基础上，科学家找到了"储存"生命的办法：迅速冷冻生命，然后快速升温实现死后复生。这种办法成功解决了"424"宇宙飞行计划的难题。吉布也如愿成为第一个飞向冥王星的宇航员。

　　作家将"宇宙航行"和"起死回生"两大热门主题结合在了一起，字里行间流淌着科学探索的激情和丰富的想象力，震撼人心。冥王星在1930年被美国天文学家发现，此后便常常出现在各种科幻小说中。如今，虽然人类已经揭开了冥王星的神秘面纱，但我们探索太空和外星球的脚步永远不会停止。

# 人类的黄昏

[美国] 约翰·W. 坎贝尔

　　"说起搭车客，"吉姆·本德尔一脸迷惑地说，"前几天我搭了一个人，他毫无疑问是个奇怪的家伙。"他笑了一声，极不自然，"他给我讲了一段他最最离奇的经历，真是闻所未闻。大多数搭车客总是会喋喋不休，说他们如何失去了一份好工作，或是怎样试图到西部的广阔天地里寻求发展。他们似乎没有意识到西部乡村空间有多少人，都以为那个美丽而庞大的乡村荒无人烟。"

　　吉姆·本德尔是个房地产商，我知道他会滔滔不绝地继续说下去，因为这是他最喜欢的话题。他对土地的担忧是真心的，因为本州内还有大片的宅基地尚未开发利用。他谈论着乡村有多美，但实际上他连城市也没出过，更别说到过什么荒凉的村庄。实际上，他害怕那里的荒凉。于是，我稍稍调转话头，让他回到正题。

"他说自己是什么，吉姆？一个找不到土地来开发的开发者？"

"这并不好笑，巴特。不，令人惊讶的并不仅仅是他的那些话。实际上他并没有特别强调什么，只是平铺直叙罢了，但正是这点抓住了我的好奇心。我知道那不是真的，但他叙述的方式……噢，我真想不通。"

此刻，我意识到他是真的没想通。因为吉姆·本德尔一向措辞讲究，并深深以此为豪。当他都找不准字眼的时候，就说明他是真的心烦意乱了。就像上次他把一条响尾蛇当成木棍，差点儿把它拿起来扔进火堆一样。

以下是吉姆的叙述。

他还穿着滑稽的衣服，看上去像白银做的，实际上却如同丝绸一样柔软。在夜晚，它们甚至会微微发光。

我把他捡上车时正是黄昏时分。这样说很奇怪吧？但确确实实是捡上车的，因为他当时正躺在距离南大街两三米的地方。一开始，我还以为是什么人撞了他，然后驾车逃逸了。当时我看不太清楚。我把他拉上车，安顿好，然后继续上路。我要赶大约五百千米的路，但我想，或许我可以把他送到沃伦泉医院，交给万斯大夫。可是才过了五分钟他就醒了，睁开眼睛直直地看着前方。他先是盯着汽车，然后盯着月亮。"谢天谢地！"他说完这句话，望向我。他的面容让我大吃一惊——他很漂亮。准确地说，是很英俊。

总而言之，他相貌不凡。他身高大约一米八，棕色鬈发上带着一抹金色，像是上好的铜线变成了棕色。他的前额很宽，大约有我的两倍宽。他外表纤弱精致，令人印象极其深刻。他的眼睛是灰色的，如同蚀刻的铁制品，比我的眼睛大多了。

"他穿的那身衣服更像是浴衣与睡裤的结合体。他手臂修长，肌肉匀称，像个印第安人，却是白皮肤，只是被太阳晒成了略带金黄的褐色，而不是常见的棕褐色。

"总之他就是与众不同！是我见过的最英俊的男人！"吉姆强调。

"你好，"我说，"出事故了？"

"没有，至少这次不是。"他的声音也一样非同凡响。那不是普普通通的声音，听起来就像是管风琴在说话，用的却是人类的语言。

"不过，也许我的头脑还没冷静下来。我进行了一次实验。告诉我今天的日期，包括年份，然后让我想想。"他继续说道。

"怎么了？今天是1932年12月9日。"我说。

这并没让他满意，他看起来一点儿也不喜欢我的答案。但几秒后，原本还歪着嘴苦笑的他咯咯笑出了声。

"1000多……"他自言自语道，"没有700万那么糟糕，我该知足啦。"

"700万什么？"

"年。"他若无其事地说，说得像真的似的，"我做了一个实验，或者说我尝试做了个实验。现在，我得再试一次了。那个实验是在3059年发生的。当时，我刚完成了释放实验，接下来就是空间测试实验了。时间——那可不对，我仍然认为是空间发生了变化，我感到自己被吸入了某个场域，无法脱离。那是r-H481场域，位于帕尔曼范围内，磁场强度935。我被吸了进去，然后我出来了。我认为，它是从空间中抄了近路，来到了太阳系所在的位置。通过更高维度，使速度超过光速，结果把我扔进了未来的地球。"

他根本不是在跟我说话，只是在自言自语。他说完后才意识到我还在这儿。

"我看不懂他们的仪器。经过700万年的进化，一切都变了。于是，我不小心按错了按钮，错过了做好的记号，我应该是属于3059年的。"他马上问道，"不过请告诉我，今年最新的科学发明是什么？"

他已经让我目瞪口呆了。我不假思索地答道："怎么，我猜是电视吧。还有无线电和飞机。"

"无线电，没错，他们会有仪器的。"

"可是，喂，你到底是谁？"

"啊，对不起，我都忘了。"他用特有的管风琴般的声音回答道，"我叫阿利斯·科·肯林。你呢？"

"我叫詹姆斯·沃特斯·本德尔。"

"沃特斯——那是什么意思？"

"没什么特别的含义，就是个名字而已啊。"

"我明白了，你们还没有开始使用科学分类系统。"

"你是哪里人，肯林先生？"

"哪里人？"他笑了，声音缓慢而轻柔，"我跨越了700万年的时空而来。他们已经搞不清楚确切的年份了。机器淘汰了一切不需要的设备，他们不知道那是哪一年，但在来到这儿之前，我的家乡在3059年的内华城。"

从那一刻起，我开始以为他是在胡言乱语。

"我是个实验学家，"他继续说道，"也就是科学家，我刚刚提到了。我父亲也是一位科学家，但他研究的是人类基因学。他证明了自己的理论，使世界诞生了新生种族。我就是新生种族的第一个成员。

"新生种族究竟发生了什么，又将会发生什么……

"结局会怎样？我几乎已经看到了。我看到了他们，那些小小人，他们困惑不解、迷失了方向。还有那些机器，必须如此吗？无法改变吗？"


"接着，我听到了这样一首歌。"吉姆继续说道。


他唱起了歌。这样一来，他就不必再讲述那些人的故事给我听了，因为我从他的歌里认识了他们。我能够听到他们的声音，他们说着稀奇古怪、发音奇特的语言，肯定不是英语。我能看到他们困惑不解的渴望。我想，这首歌是小调。它呼唤着，恳求着，又无望地寻找着，直到那不为人所知的、被人遗忘的机器发出连续不断的隆隆轰鸣和呜呜哀叹，盖过了那歌声。

这些机器无法停止运转，因为它们发动之后，小小人就忘记了如何停止它们，甚至忘记了它们的用途，只是眼睁睁地看着它们，听着它们的声响，迷惑不已。他们忘记了如何阅读和书写，语言也发生了变化，因此祖先留下的文字和语音记录对他来说毫无意义。

那首歌仍在继续，他们仍在困惑地思索。他们遥望太空，看到了温暖而友好的星光——遥不可及。他们认识九大行星①，并在上面居住。然而，在遥不可及的距离之外，他们看不到另一个种族，另一种崭新的生命。

有两样东西贯穿了整首歌：机器、令人困惑的遗忘。或许还有一件，是什么呢？

这样一首歌让我周身寒冷。它不应该唱给今天的人们听，它简直像是扼杀了什么。在那首歌之后，我相信了他。

唱完这首歌，他沉默了许久。接着，他似乎哆嗦了一下。

---

①这篇科幻小说创作于1934年，当时冥王星被认定为太阳系九大行星之一。

"你不可能明白，起码现在还不可能。"他继续说道，"但是我看到了他们，他们随处可见，小小的、形态丑陋，顶着巨大的脑袋。他们拥有能够思考的机器，但在很久以前，有人把它们关闭了，现在没人知道该怎么重新打开，这就是他们遇到的麻烦。他们拥有无与伦比的大脑，比你我的都要强得多。但早在几百万年以前，他们也把大脑关闭了，从那以后再也没有思考过。那些小小人温和善良，但仅此而已。"

下面开始，是搭车客的独白。

当我滑入场域时，它吸住了我，把我旋转着传送到另一个空间。传送的终点应该是700万年之后的未来。我到达了地球表面的某个点，这里与我离开时的位置相同，但时间不同。我不知道为什么。

当时，夜幕已经低垂。我看到不远处有一座城市，那里明月高照，整个景象恍如幻梦。你想想看，700万年之后，世界的变化会有多大。由于太空航班往来频繁，人类在小行星群中清理出一条方便穿越的安全走廊，使得太空中的许多星体的位置都发生了改变。诸如此类的变化数不胜数。700万年已经足够久，自然物质也发生了细微变化。月亮比现在远了8万千米，不再绕着地球转。我在原地待了片刻，盯着天空看。确实，就连星星也都不一样了。

有飞船在城市里进进出出，仿佛在沿着一条电线轨道滑行，那是力场形成的无形之线。这城市的低处灯火通明，我猜那一定是水银蒸汽灯的光芒，绿中透蓝。那里肯定没有人类居住，因为这种灯光对眼睛不好。与此同时，城市上半部分却灯火稀疏。

接着，我看到有什么东西从空中下来了。它通体发光，是个巨大的球体，径直沉落在城市密密麻麻的银黑色建筑中央。

我不知道那是什么，但就连那时，我依然认为城市中无人居住。奇怪的是我居然能想象出这一点，我此前从未见到过废弃的城市。我朝它走了24千米，进入了城市。街道上到处都是走来走去的机器，它们不理解城市已经不需要继续运行，依然在工作。有的机器还在修理其他机器。我发现了一台自动出租车，看起来相当熟悉。它有手动控制系统，我可以操作。

我不知道这座城市已经被遗弃了多久。后来遇到来自其他城市的人，他们有的说大约有十五万年了，也有人说是三十万年。可即使人类已经那么多年不曾涉足这座城市了，自动出租车的性能却依然良好，立刻运转了起来。不仅如此，它还很干净，甚至整座城市都干干净净、井井有条。我看到一家餐厅，顿感饥肠辘辘。但我更渴望的是找人说说话。当然，这里根本没有人，但我当时并不知道。

餐厅里依然陈列着食物，我挑了一样。我后来想，那食物也该有三十万年了。我当时并不知道，为我准备饭菜的机器也并不在意，因为它们是用合成的方法制作食物的，而且做得相当完美。不过，城市的建造者们忘记了一件事——他们没有意识到有些机器不该一直运转下去。

我花了六个月来制造设备。接近完工之际，我已经做好了离开的准备。那些机器盲目而完美地运转着，不知疲倦、永不懈怠地履行各自的职责，尽管它们的设计者及其子孙早已不需要它们了。

直到地球进入寒冬，太阳熄灭，那些机器仍将运行下去。即使地球开始分崩离析，那些完美的、永不停歇的机器也会尝试修复她。

我离开餐厅，乘坐自动出租车漫游城市。我以为那台机器是靠一个小型电动马达驱动的，但实际上它的能源主要来自巨型中央能源辐射器。没过多久，我就意识到自己是在遥远的未来。这座城市分为两个区域，其中一个区域有许多层，机器平稳地运行，深沉的嗡鸣声回荡在整座城市，犹如一首永不终结的力量之歌。整个城市的金属架构都在与它呼应，与它一同发出嗡嗡的轰鸣声，传唱着这首力量之歌。那声音柔和，令人安心。

地面上至少有三十层，地下还有二十层。每一层都有坚实的金属墙壁和地板，还有金属、玻璃和力场组成的机器。唯一的光源是水银蒸汽灯的蓝绿色光芒。水银蒸汽灯的光芒含有高能量子，它们能刺激碱金属原子进行光电运动，或许这已经超越了你们的科技水平？我忘了。

不过，他们之所以使用这种光源，是因为许多机器有视觉，需要光亮。这些机器真了不起。我花了五个小时，在巨型发电站的底层闲逛，观察那些机器。它们像半机械的生命体一样在运动，这让我觉得不再那么孤单了。

我发现这里的发电器是在我发明的物质能量释放器的基础上改进的。究竟是什么时候启动的呢？我指的是那个物质能量释放器。一看到它，我就知道那些机器能永无休止地运行。

城市的整个下半部分都被成千上万的机器接管了。但大部分机器都无所事事，或者工作轻松。我认出了一个电话装置，但它一格信号也没有。毕竟这座城市没有生命，也用不到电话。然而，当我触碰房间一侧屏幕旁的小小按钮时，机器立刻开始运行了，并且运行得相当平稳。只不过再也没人需要它了。人知道怎样去死，死后该怎样安静地躺着，机器却不懂这些。

最后，我来到城市顶部。那里是花园天堂。

那里灌木丛生，树荫密布，公园随处可见。人工照明在这种高度的空气中制造柔和的灯光，一切都在灯光下闪闪发亮。人类在五百万年前甚至更早就已经学会这样做了，但两百万年前，他们又将一切遗忘。然而这些机器并未忘记，它们仍旧维持着那灯光。光源高悬在空中，银光闪闪，又略带玫瑰色，花园在光芒照射下阴影斑驳。此刻，这里没有机

器，但我知道等到了白天，它们会出来打理花园，让这里继续作为主人的天堂，尽管这些主人早已死去，但机器永远不会停止。

城市外的荒漠凉爽而干燥。这里的空气则柔和、温暖，弥漫着花香，人类曾花费几十万年的时间来让这香气日臻完美。

这时，不知从哪里传来了音乐声。它从空中响起，轻柔地回荡开来。月亮刚刚开始下沉，玫瑰色的银光随之黯淡，音乐声则愈发响亮起来。

这音乐仿佛来自四面八方，在我的身体里回荡。我不知道他们是怎样做到这一点的，也不知道这样的音乐究竟出自谁人之手。

我一直觉得我们的音乐不错。但如今，空中传来的是王者之歌，是由一个完全成熟的种族演唱的。这个种族是彻底胜利之后的人类！人类正以庄严的声音歌唱自己的胜利，那声音掠过我的全身，指明了我眼前的道路，催我前进。

当我望着荒废的城市时，音乐消失了。机器本该忘记这首歌，毕竟它们的主人在许久之前就忘记了。

我到了一个地方，那里过去准是某个人类的家。灯光照亮了空气里的尘埃，门廊昏暗，隐约可见。但当我踏步上前，三十万年来未曾开启的灯突然发出了绿中透白的光芒，如同萤火虫般为我照明。我走进了前面的房间，身后门廊里的空气立刻变得如牛奶般浑浊。我所在的房间由金属和石头建成，丝绒装饰其中。那石头乌黑发亮，金属则呈现出金银两色。地板上铺着地毯，用的材料接近我现在穿着的这种，但更厚，也更柔软。房间里四处都是低矮的长沙发，覆盖着这种柔软的金属材料，配色是黑色、金色和银色。

我从没见过这种东西，我猜之后也绝不会再见到。那是仅凭你我的语言都无法形容的东西。

这座城市的建造者有权利和理由歌唱势不可当的胜利，这胜利所向披靡，带着他们占领了九大行星和十五颗可供居住的卫星。

但他们已经离开此地，我也想离开。我制订了个计划。首先，我来到一家电话分局查看我曾见到的一幅地图。世界看起来还是老样子。七百万，乃至七千万年对古老的地球母亲来说都不算太久，她或许能等到那些了不起的机器城市灰飞烟灭的一天。在她消亡之前，她或许能等上足足一亿年，甚至十亿年。

我试着向地图上标注的各个城市中心拨打电话。在检查中心装置之后，我很快学会了使用电话系统。

我试了一次、两次、三次……十几次，试图联系约克市、伦农市、帕里、施加哥、新坡等地。我开始觉得整个地球都已经没有人类居住了。我沮丧万分，因为每座城市都是机器在接电话，执行我的指令。在这个时代，每一个遥远而广阔的城市里，机器无处不在，更别说我所在的小城市内华城了。

每个城市我都试拨了好几个号码。我试到圣弗里斯科的时候，有人接了电话。有人在那儿！发亮的小屏幕上出现了人类的身影。我看得出他吓了一跳。他惊奇万分地瞪着我，然后开始对我讲话。当然，我听不懂。现在我能听懂你的话，你也能听懂我话，因为你们这个时代的语言被录制成各种形式，是我们时代语言的发音基础。

有些东西改变了，特别是城市的名字，因为城市名称往往是多音节的，并且使用频繁。人们倾向于省略音节、缩短拼写。我曾住在内——华——达，你们是不是这么念？而我们却会念内——华。还有约克州，但俄亥俄和爱荷华念起来还是一样。一千多年的时光对词汇的影响很小，因为它们都被录制下来了。

可是七百万年过去，人类已经忘记了那些古老的录音。随着岁月流逝，人们使用录音的次数也愈来愈少，直到他们再也听不懂录音，因为他们的语言已经发生了变化。当然，他们也早已不再书写了。

肯定曾有人从这最后的种族中脱颖而出，试图寻求知识，却一无所获。如果能找到某些基本规则，古老的书写系统也能够被破译。但古老的声音就不一样了。此时整个种族已经将科学原理和思考方式抛诸脑后。

因此，这个接电话的人的话语在我听来很古怪。他语调流畅，音色甜美，简直像是在唱歌。他十分激动，呼唤着其他人。我听不懂他们的话，但我知道他们在哪儿。我可以去找他们。

我从花园天堂下来，准备离去。这时，我看到天空露出了星光。星光出奇的明亮，闪烁着，又渐渐暗淡。只有一颗正在升起的明亮星星看起来似曾相识——金星。现在，她散发着金色的光芒。最后，当我第一次站在那里凝视这陌生的天空，我终于开始明白起初究竟是什么东西给了我如梦似幻的印象。

　　在我的时代，以及你们的时代，太阳系是一个孤独的流浪者，偶然路过了银河系的十字路口。我们在夜间看到的星星都处于移动的星群之中。事实上，我们的太阳系正在穿越大熊星座群。另外五六个星系群位于距离我们五百光年的范围之内。

　　但是，在七百万年里，太阳已经离开了这片星群。放眼望去，天空空空落落的，只有这里或那里零散地分布着一颗孤单而暗淡的星星。在这广阔无垠的茫茫苍穹之中，横贯着一条带状的银河。

　　这肯定是那些人在歌声中试图表达的另一种东西——孤独，因为就连亲密而友好的星星也没有了。在我们的时代，五六光年距离内就有星星。而那个时代的人告诉我们，他们的仪器能够直接显示任何一颗星星的距离，而最近的一颗离他们也有一百五十光年之遥。那颗星异常明亮，甚至比我们现在天空中的天狼星还要亮。它是一颗蓝白色的超巨星。我们的太阳在它面前只能充当一颗卫星。

　　我站在那儿，凝视着那徘徊不去的亮光。那银光中透着玫瑰色。随着太阳血红色的光芒掠过地平线，它也恋恋不舍地渐渐消失了。根据这些星星，我知道，这里距离我生活的时代、距离我上一次看到朝阳初升一定已经过了几百万年。血红色的光线使我不禁怀疑，太阳本身是否也正在凋亡。

太阳终于出现，巨大而血红。它腾空而起，色彩渐渐褪去，半小时后，变成了我熟悉的金黄色圆盘。

斗转星移，它却依然如故。

我真傻，竟以为它会改变。七百万年的时间对地球来说都不足挂齿，对太阳又能算得了什么？自我上一次看到日出，只不过过了二十多亿天罢了。如果是二十多亿年，我可能会观察到些许变化。

宇宙步履缓慢，唯有生命瞬息万变，不能永存。七百万年转瞬即逝，这对地球而言就像是七天一样短暂，而人类整个种族却已濒临消亡。虽然人类留下了一些东西——机器，但机器也会死去，即使它们自身无法理解死亡。这就是我的感受。或许我已经改变了人类的命运。这一点待会儿会告诉你的。

日上三竿之时，我再次仰望天空，而后俯视五十层高楼下的大地。我已经来到了城市的边缘。

机器在地面上移动，或许正在修整地面。一条宽阔的灰色大道穿过平坦的荒漠，笔直地向东延伸。日出之前，我曾看到它发出微弱的亮光。这是一条供地面机器行驶的道路，但上面没有车流。

我看到一艘飞船从东方迅速掠过，随之而来的是空气轻柔而低沉的悲鸣，像是幼童在睡梦中的呜咽。飞船在我眼前愈来愈大，像个膨胀的气球。当它降落在下面市区的大型港口之时，已经变得硕大无朋。现在，我能听到机器叮叮当当的碰撞声以及低沉的嗡嗡声，毫无疑问，它们是在处理刚刚运送来的材料。机器订购了材料，其他城市的机器供应了材料，货运机器将材料运来了此地。

　　圣弗里斯科和杰克斯维尔是北美最后两座仍在运作的城市。但机器在其他所有城市中依然运转不休，因为没有接到停下的指令。

　　这时，高空中出现了什么东西，一个小点，如同蔚蓝太空中的一颗黑色星星。脚下城市的中心部分也升起了三颗小圆球，它们像货运飞船一样，没有肉眼可见的驾驶装置。头顶上方的那个小点现在已经变得像月亮一样大。三颗圆球升到高空与之汇合，然后它们一起降落在城市中央，我看不到了。

　　我已经弄清楚了，那是来自金星的货运飞船。而前一晚我见到的飞船来自火星。

　　随后，我开始四处寻找出租飞机之类的东西，但没有找到类似的机器。我又到更高层寻找，四处都是被遗弃的飞船，但对我来说飞船太大了，也没有驾驶系统。

　　时间接近中午，我又吃了一顿饭，食物很不错。

　　那时，我明白，在这座城市里，人类的希望已化为灰烬——不是某一个种族的希望，而是整个人类。我发疯般地想要离开这座城市。我不敢沿着地面道路向西行驶，因为我知道，我驾驶的出租车要从这座城市中的某处能源汲取动力，因此开不了几千米它就会熄火。

下午，我在城市外围的城墙附近找到了一个小型飞船棚，里面有三艘飞船。我一直在居民区较低层，也就是城市的上半部分寻找。那里有餐厅、商店和电影院。我曾走进一个地方，一踏进门，轻柔的音乐就开始奏响，眼前的屏幕上出现了颜色和图形。

从形式、声音和色彩来看，这是一个成熟种族的胜利凯歌。一个稳步前进了五百万年的种族，并未看到眼前突然消失的道路，未能预见到他们死去和停滞的那一天，整座城市陷入死寂，却并未停止运转。我匆匆离开那里，那首三十万年不曾唱过的歌在我身后远去。

还好，我找到了飞船棚，很可能是私人所有的。这里有三艘飞船。一艘差不多有十五米长，直径达五米，是一艘游艇，大概是太空游艇。另一艘大约五米长，直径约两米，看起来是一艘家用航天器。第三艘非常小巧，长不超过三米，直径不到一米。看来，在里面我得躺着。

里面有一个潜望镜装置，能让我看到前方和差不多正上方的景象。有一扇窗户能让我看到下方，还有一个装置，能移动毛玻璃屏幕下面的地图，再将地图投射到屏幕上，让屏幕上的十字标志始终表示我所在的位置。

我花了半个小时试图弄明白这艘飞船的制造者究竟造了些什么。但这些人所运用的五百万年前的科学知识在此时早已湮灭，只留下经历了漫长岁月后仍完美无缺的机器。我看到了为飞船提供动力的装置。我懂得这个装置的使用方法，也模模糊糊地懂得其中的机械构造。但里面没有导航装置，只有苍白的光束迅速地用脉冲波发送着信号，我用眼角的余光实在很难捕捉到那些波动。有五六束光束一直在闪烁和跳动，少说也持续了三十万年，甚至更久。

　　我进入飞船，立刻又有五六束光束投射出来。我微微发抖，一种奇特的拉力掠过我的全身。我立刻明白了，飞船是依靠反重力装置运转的。在释放实验之后，当我研究空间场域时，就一直希望能使用这样的装置。

　　这说明，在他们建造这个完美无缺、永不停歇的机器之前的几百万年，就已经发明了反重力装置。我进入飞船之后，重量的变化迫使它重新调整，同时开始准备起飞。在飞船内，一种类似地球引力的人造重力攫住了我，而内外两部分的中性夹层则出现了那种奇怪的拉力。

　　飞船加满了燃料，一切就绪。你瞧，飞船里的装备能自动提出需求，它们简直就是有生命的物体，每一个都是。管理机器负责保证它们的给养，并进行调整和必要的维修。后来我得知，如果它已无法维修，就会被一辆自动前来的服务车拖走，代之以一架一模一样的飞船。原来那一架则会被送回制造商那儿，由机器自动翻修。

飞船耐心地等待我起飞。驾驶系统的操作很简单，一目了然。左侧有一个控制杆，往前推就是前进，往后拉就是后退。右侧有一个水平可旋转的横杆，转向左边，飞船就向左转；转向右边，飞船也随之往右。倘若它向上翘起，飞船也会随之抬头，除前进和后退之外的一切动作都可以用横杆完成。提起横杆，飞船就会上升；按下横杆，飞船便会下降。

　　我躺下来，稍稍提起横杆，眼前的表针非常灵活地动了动，飞船离开了地面。我将另一个操纵杆向后一拉，飞船逐渐加速，平稳地驶入空中。将两个控制杆都恢复原状，飞船就会继续飞行，直到重新回到平稳状态。我调转飞船，眼前另一个仪表盘在移动，应该是显示我所在的位置，但我看不懂。出乎意料的是，地图没有动。于是，我凭感觉朝着可能是西面的方向飞去。

　　在这艘非同凡响的飞船里，我感觉不到加速度。地面只是一闪而过，转眼间，城市就不见了。现在，地图在我身下迅速展开，我看到自己正向西南方移动。我稍微转向北面，看着罗盘。很快我就意识到，飞船开始加速前进了。

　　我对地图和罗盘产生了极大的兴趣，因为它突然发出尖锐的声响，无须我做什么，飞船就会自动升高，向北方飞去。前方有一座山，我刚才没看到，但飞船注意到了。

　　这时，我注意到了早该看到的东西——两颗可以移动地图的小小的旋钮。我开始转动它们，随之听到刺耳的咔嗒声，飞船开始减速。不一会儿，它就保持低速稳定地飞行，并转向了新的航线。我试图更正，但让我惊讶的是，控制杆不管用了。

这下你明白了吧，是那张地图。要么是地图追随航线，要么是航线追随地图。我刚才移动了地图，于是机器自动接管了控制权。我本可以按下一个小按钮取回控制权，但我当时并不知道。我无法控制飞船，直到它终于减速，开始下降，停在了一个距离地面10厘米的站台上。我猜这里一定是一座大城市的中心。

在搞清楚原理后，我重新调整地图，回到圣弗里斯科航线，飞船立刻继续飞行。在一大堆碎石块前，飞船自动转弯，然后回到原本的航线，犹如子弹般快速前进。

抵达圣弗里斯科时，飞船并未降落。它只是停在半空中，发出柔和的嗡鸣声。然后，它开始等待，我也在等待。

我向下望去，有人在那儿！我第一次看到了那个时代的人，他们个子很小，脑袋大得不成比例。他们正疑惑地看着我。

最令我印象深刻的是他们的眼睛。他们的眼睛很大，当它们盯着我时，我感受到其中蕴含着一种力量，但这种力量像是陷入了沉睡，且无法被唤醒。

于是，我转为人工操纵，开始降落。我一踏出飞船，它就自动起飞，独自离开了。飞船有自动停泊系统，它去了最近的一个公用飞船棚，在那里能够得到自动的维修和养护。飞船里有一个小型通话装置，我出来时本该带着，这样无论我在城市的哪个角落，都可以随时按下按钮呼唤它。

我身旁的人开始窃窃私语，简直像唱歌一样。更多人正慢悠悠地过来，有男有女，却似乎没有老人，也极少见到小孩。屈指可数的几个小孩被照料得无微不至，周围的人生怕一不小心踩到他们的脚趾，或是把他们撞倒。

你瞧，这是有道理的。他们的寿命长得不可思议，有人能活三千年之久。他们不会变老，但依然会死去。心脏停搏，大脑停止思考，时候到了，他们就这样死了。但年幼的孩子还在成长，那些尚未成熟的孩子得到了最无微不至的关爱。然而，在这个有着十万人口的城市，一个月里只出生一个小孩。人类正渐渐失去生育的能力。

我曾告诉过你，他们十分孤独。这种孤独已经没有得救的希望了。当人类大步流星地跨向成熟，他们摧毁了一切存在的威胁：疾病、害虫。最后一批昆虫死亡了，最后一批吃人的动物消失了。

自然界的平衡被打破了，于是，他们不得不继续这样摧毁下去，如同机器一样。他们发动了机器，直到现在都无法停止。他们开始摧毁生命，且一发不可收拾。他们必须毁灭所有种类的杂草，接下来，许多原本无害的植物也被毁了。然后是食草动物，鹿、羚羊、野兔、马等。对人类来说，它们同样是威胁。那时，人类还在吃天然的食物，而它们会偷吃那些由机器管理的庄稼。

你能猜到，情况已经失去了控制。最后，人类出于自卫，杀死了全部的动物。没有了诸多制约人类的动物，人类很快就拥挤得无处立足。接着，合成食物取代天然食物的时代到来了。在你我所处的时代约两百五十万年后，空气得到彻底净化，所有的微生物都被清除了。

这意味着水也一样，必须净化。人类也这么做了，这导致了海洋生命的末日。海洋中原本存在吃细菌的微生物，吃微生物的虾米，吃虾米的小鱼，吃小鱼的大鱼，直到食物链中的第一环没有了。不到一代人的时间，海洋已经失去了生命的踪迹。大约一千五百年后，就连海生植物也全部灭绝了。

于是，整个地球只剩下人类和他们保护下来的生物——用于装饰的植物，以及特定种类的超级卫生的宠物——狗，它们甚至能与主人一样长寿。当时，人类正在进入成熟期，他们的动物朋友跟随他们穿越了一百万年，来到你我的时代，又经历了四百万年进入人类的早期成熟期，这些动物的智力已经有了进步。在一个古代博物馆里，他们竟完美地保存了一位人类伟大领袖的遗体。这位领袖在我见到他之前的五百五十万年就已经与世长辞。在那个业已荒废的博物馆里，我还看到了一只狗，它的头骨几乎与我的一样大。他们发明了简单的地面交通工具，狗经过训练之后，能够驾驶。他们还会为驾驶这些交通工具的狗举办比赛。

然后，人类抵达了鼎盛时期，这个时期足足持续了一百万年。他们大步向前，进化神速，就连狗也无力陪伴左右。人类愈来愈不需要狗了。一百万年之后，人类开始衰落，狗也不见了踪影。它们灭绝了。

现在，这批最后的人类逐渐衰落，已找不到其他的生命作为接班人了。过去，每当一种文明摇摇欲坠，就会有另一种文明在它的灰烬中涅槃重生。但如今只剩下了一种文明，所有其他种族都消失了，除了植物以外的其他物种也都已销声匿迹。而人类已经开始衰落，已无法赋予植物智力和行动能力。在人类文明的鼎盛时期，这或许还有可能。

在那最后的一百万年里，其他星球已挤满了人类，每颗行星及其卫星都有人口配额。现在，只有行星上还有人居住，卫星已经被遗弃了。我抵达之前，冥王星已经荒废。我在地球上时，人们正从海王星向地球迁移。当他们中的大部分人第一次看到赋予整个种族生命的地球，都安静得出奇。

当我踏出飞船，望着它渐渐升高、离我而去，我明白了为什么人类濒临灭亡。我回头望着那些人的面孔，从中找到了答案。那些人的头脑依然伟大——比你我的头脑要伟大得多——但其中独独少了一种特性。我那时得到了他们中的一个人的帮助，他解答了我的诸多问题。你知道，太空中有二十个坐标，其中十个为零，六个有固定值，另外四个分别代表我们时空中熟悉又瞬息万变的维度。这意味着，积分不是以二次、三次或四次，而是以十次的指数进行的。

如果让我自己解决问题，肯定要花漫长的时间，而且我有许多问题肯定解决不了。我不会使用他们的数学机器，而我自己的机器落后了七百万年。幸好有一个人很感兴趣，愿意帮我。他完成了四次、五次积分，甚至仅凭心算就能在变化的指数极限间进行四次积分。

但只有我要求时，他才会这么做。曾经有一种使得人类成为伟大种族的品质已经从他身上消失了。第一次看到他们的面孔和眼睛时，我就明白了这一点。他们望着我，对我这个外表异乎寻常的陌生人有点儿诧异。他们聚集并围观飞船的到来，只是因为这是一件稀罕事。他们用友好的方式欢迎我，但对我一点儿都不好奇。看来人类已经丧失了好奇的本性。

准确地说，并不是完全丧失殆尽。他们仍会对机器感到好奇，也觉得星光很奇妙，但并不会出于这种好奇而进行研究或探索。即使人类的好奇心还没有丧失殆尽，但离这一天也为时不远了。我跟他们在一起待了短短的六个月，在这期间，我所学到的东西比他们在机器堆里生活的两千年，甚至三千年里学到的还要多得多。

你能体会到这带给我的无助感吗？我是一个热爱科学的人，并曾在科学中看到人类的救赎与提升，但现在，我目睹了这些奇妙的机器的下场。这些在人类发展顶峰时期的产物居然被完全遗忘，得不到理解。那些无比奇妙、完美无瑕的机器，在照料、保护和关怀着这些温和而善良的人们的同时，却被他们遗忘。

人类在科学中迷失了。城市对他们来说是一座宏伟的废墟，一个在他们身旁拔地而起的庞然大物。有样东西没能被人理解，那是一个属于世界本质的东西。它仅仅存在于此，并非人力所为。它仅仅存在于此，如同绵绵山峦，漫漫荒漠，茫茫大海。

那些机器被制造出来之后度过的时光，已经比从人类起源到我们的时代还要久远。我们还记得第一位祖先的传奇故事吗？我们还记得他们关于森林和洞穴的传说吗？我们还记得将燧石削成锋利刀刃的秘诀吗？还记得跟踪和杀死剑齿虎且保证自身安全的方法吗？

他们面临的就是类似的窘境，和我们相比，他们经历的时间更加久远。语言经历了长足的发展，日臻完美。与此同时，机器一代接一代地为他们打理着一切。

唉，整个冥王星已被遗弃，可是在冥王星上却发现了大量的金属矿藏，那正是人类所需要的，因此机器依然在运作。整个系统中存在着一种完美的统一性，一个由完美的机器构成的统一体。

那些人只知道，借助某种方法做某样事情就会产生特定的结果。就像中世纪的人知道将特定的材料（如木头）放到其他烧得通红的木块上，就会使这块木头消失，并转换成热量。他们不明白木头被氧化，伴随着热量释放出了二氧化碳和水。那些人也一样，他们不明白究竟是什么为他们提供了衣食住行。

我又在那儿与他们在一起待了三天。随后，我去了杰克斯维尔，还有约克城——那座城市大极了，它从今日的波士顿的最北部一直绵延到华盛顿的最南部。

"他说这些话的时候，我根本不相信。"吉姆插了一句。我看得出来，他确实不相信。如果他相信了，我想他肯定会在那片区域购置土地，等待升值。我了解吉姆，他会觉得七百万年和七百年差不了多少，或许他的曾孙就能把地卖个好价钱。

"不管怎样，"吉姆继续说道，"他说这都是因为城市不断扩张的结果。波士顿向南扩展，华盛顿向北延伸。约克城向四面八方蔓延，中间的城市则在它们的间隙中不断扩张。"

那座城市本身就是一台巨大的机器。它秩序井然，纤尘不染。他们有一种运输系统，三分钟之内就能把我从城市北端送到南端。看来他们已经学会了中和加速度。

接着，我搭乘一艘飞船，沿着一条大型的太空航线前往海王星。有些航线依然在运行，能看到一些人在向与我相反的方向行进。

飞船很大，很可能是艘货运飞船。它是一个巨大的金属圆筒，有一千二百米长，直径有四百米。它从地球表面飘了起来，穿出大气层后，它开始加速。我能看到地球在缩小。在我的时代，我也曾搭乘太空飞船前往火星。那是在3048年，花了足足五天。然而在这艘飞船中，过了不到半小时，地球已经小得像颗星星，旁边还有一颗更小更暗的伴星。一小时工夫，我们就掠过了火星。八小时后，我们在海王星上着陆。那座城市名叫穆利恩，跟我们那个时代的约克城一样大，但里面空无一人。

海王星寒冷而黑暗。在那里，太阳看起来是个苍白的小圆盘，毫无热度，也几乎不发光。不过，城市内部环境却十分宜人，无可挑剔。空气新鲜凉爽，弥漫着鲜花的芬芳。整个庞大的金属框架随着制造并管理它的机器那强有力的嗡嗡轰鸣而微微颤抖着。

我懂得古代语言，那是他们语言的基础，同时又略懂人类濒临消亡时期的语言。因此，我破译了一些记录，并从中得知，这座城市建造于我出生后的三百七十三万零一百五十年。从那天之后，再也没有一双人类的手触摸过这里的任何一台机器。

然而，这里的空气对人类来说纯净无瑕。空中那温暖的、透着浅玫瑰色的银光提供了仅有的光亮。

我造访了其他几座有人居住的城市。在那里，在不断缩小的人类领地的外围，我第一次听到了那首《渴望之歌》，这是我给它起的名字。还有一首，叫作《忘却的记忆之歌》，你听，他唱起了另一首歌。


"我只知道一件事，他不是普通人。"吉姆断言，他的声音愈发迷惘，到那时，我想我已经完全理解了吉姆的感受。因为，我只是从一个普通人口中听到了这首歌的二次演绎，而吉姆却是从一个真正不同凡响、曾耳闻目睹那一切的见证者口中听到了他管风琴般的歌声。不管怎样，我觉得吉姆是对的。没有哪个普通人能写出那些歌。我能感觉到，当他唱起那首歌时，歌中弥漫着哀伤。他也许正在脑海中搜寻某些他早已遗忘的东西，他绝望地试图记忆起来的东西，他认为自己本该知道的东西。而我觉得，他已经永远也想不起来了。我感觉到，在他歌唱的时候，那样东西正跟他渐行渐远。我听到这位孤独而忧虑的探求者试图回想起那样东西，那样能够拯救他的东西。

我仿佛听到他发出沮丧的呜咽。那首歌就这样结束了。吉姆尝试了几个音符，他没有敏锐的耳朵来鉴赏音乐，但那首歌真的太强有力，令人难以忘怀，仅仅那几个低吟的音符就够了。我想，还好吉姆缺乏丰富的想象力，否则，当那位来自未来的人向他唱出这首歌，他可能会立即发疯。这首歌不该唱给现代人听，因为它本不是为他们谱写的。你曾听到过一些动物发出的撕心裂肺的、犹如人类的尖啸一般的悲鸣吗？那首歌像是一个疯子的呐喊，更像是一种绝望的哭诉。

那首歌能让你切实体会到歌唱者的意图，因为它不仅仅听起来像是人类的声音，它本身就是人类的化身。我想，那是人类最后一次失败的号叫。你总是会对竭尽全力之后依然失败的家伙感到怜悯。所以，你能够感受到整个人类种族的奋力一搏，却还是输了。你也知道，他们输不起，因为他们没有再次努力的机会了。

他说，他过去曾对此感兴趣，至今依然没有完全被那些不肯停歇的机器击垮。但这一切对他来说确实难以忍受。

"在那之后，我意识到，"他说，"我不能生活在这些人之中。他们是濒死之人，而我却满怀人类的朝气。他们看着我时，就像看着群星与机器一样带着渴望，带着无助和困惑。他们知道我是什么人，却无法理解。"

我准备离开了。

我花了六个月时间准备。事情并不容易，因为我的仪器没有了，而他们的仪器采用的度量单位有所不同。何况，本来他们的仪器也不是为我准备的。那些机器不用看仪器，它们只是根据仪器行事。仪器是他们的感觉器官。

幸好，里奥·蓝陶尽可能地为我提供了帮助。于是，我回来了。

离开之前我做了一件事，或许能对他们有所帮助。或许哪一天我会试着回到那里，去看看发生了什么。

我曾说过，他们拥有真正能思考的机器，对不对？但很久以前，有人关闭了它们，没人知道该怎样再次开启。

我找到了一些记录，并破译了它们。我开启了其中最新且最好的一台机器，并让它解决一个伟大的难题，这是唯一适合它做的事。机器会努力解决问题，如果需要的话，不要说花上一千年，一百万年也在所不惜。

最后，我开启了五台机器，并根据记录的指引，将它们连接到了一起。

它们会试图创造一台机器，让它带有人类丧失的全部特性。这听起来很滑稽，但在你大笑之前，请停下来想一想。请记得，在里奥·蓝陶推动电闸之前，我在内华城的底层看到的地球。

　　黄昏，夕阳已坠，远方的荒漠带着神秘的色彩，变幻莫测。伟大的金属城市拔地而起，通往上空的人类城市，其间点缀着尖塔、塔楼和鲜花绽放的大树。最上层的花园天堂投下淡玫瑰色的银光。

　　整个庞大的城市建筑正随着完美无瑕、永不停歇的机器那稳定、柔和的节拍而微微颤动、嗡嗡作响。那些机器建造于三百多万年前，从那时起，再也没有人类的双手触摸过它们。机器不停地运转，城市一片死寂。人类曾在此居住，满怀期待并创造未来。可他们死后留下的那些小小人，只懂得迷惘、凝望及渴求一种早已忘怀的陪伴。他们在祖先建造的巨大城市中漫游，却对其所知甚少，还不如机器懂得多。

　　还有那些歌。我想，那些歌才是讲述这个故事的最好方式。小小的、无助的、迷惘的人们，身处冷峻的庞大机器之中。人们于三百万年前开启它们，却永远不知该如何让它们停下来。它们早已死去，却不能死而不动。

　　所以，我又开启了一台机器，分派给它一项任务。将来，它会执行这项任务。

　　我命令它制造一台机器，这台机器要拥有人类所失去的特质——好奇心。

然后，我想赶快离开，回到属于我的时代。我出生于人类的鼎盛时期。我不属于这行将就木、回光返照的人类之黄昏。

　　于是，我回来了，稍微走过头了一点儿。但这一次，回去花不了太多时间，且能保证准确无误。


　　"好了，这就是他的故事。"吉姆说，"他并没告诉我这一切都是真的，他没说这种话。他让我陷入了沉思，我甚至没注意到，在我们停车加油的时候，他已经悄悄下车离开了。"

　　"但是，他肯定不是个普通人。"吉姆重复道，像是在捍卫什么。

　　吉姆声称自己并不相信这桩奇谈，但显而易见，他信了。因此，每当他提到那个不同寻常的陌生人时，总是用一种确凿无疑的语调。

　　不，他没什么不同寻常，我想。他会活着，然后大概在31世纪的某个时候死去。并且我也相信，他确实看到了人类的黄昏。

（刘冉　译）

## 关于作者和作品

　　《人类的黄昏》作者约翰·W. 坎贝尔（John W. Campbell，1910—1971），被誉为美国科幻小说"黄金时代"开山鼻祖，他一生最主要的工作就是主编《惊奇科幻小说》杂志，培养了一大批科幻小说家，对科幻小说的发展做出了巨大的贡献。坎贝尔虽然没有创作太多作品，却在科幻界享有很高的声誉，包括阿西莫夫在内的著名科幻作家都受到他的影响。约翰·W. 坎贝尔纪念奖就是为了纪念他而设立的。

　　《人类的黄昏》借助一个搭车客之口，讲述了一个关于人类衰落和最终毁灭的故事。这名与众不同的搭车客来自3059年，他在一次物理实验中意外穿越到了700万年后，但在回程途中不小心被吸入某种场域，来到吉姆身处的1932年。他详细地描述了700万年后的人类世界。在那个时代，人类成了一个垂死的种族，除了人类以外的其他生物被彻底消灭了。城市仍然处于完美的工作状态，由不知疲倦的机器运行着。

　　人类是如何一步步走向末日的？小说采用了经典的科幻母题之一——"科技威胁论"，因为人类太相信、太崇拜科技，认为科技可以解决一切问题。在制造了能代替人类进行日常劳动的机器之后，人类变得越来越自满，最终失去了自身本性和生活经验。小说最初发表于1934年，年代虽然较早，不过它所传达的精神并不过时。

# 雾中山传奇

刘兴诗

## 一、雾中山寻踪

他去了，静悄悄的，没有留下一句话语，忽然从我们身边消失，像是一下子消失在空气里。

啊，这不可能！他，曹仲安，蜚声中外的中国西南民族原始文化考古专家，素来以头脑清晰、行为谨慎著称，怎么会突然抛却尚未完成的研究课题，一声招呼也不打，就在考察途中消失得无踪无影？

不，这不是他。我和他相识近三十年，他攻考古、我习地质，专业息息相关。曾结文字缘，亦是山野交。我深深了解他的性格，他决不会无缘无故一遁了之。其中必然别有原因，没有查明以前，岂能以简单的"失踪"两个字，就把他从我们的记忆里抹去？

　　出于友情，也出于强烈的好奇心，我决定立刻动身，去查个水落石出。

　　曹仲安失踪的地点是省城西南远处的雾中山，那里林幽谷深，是一片人迹罕至的去处。除了采药砍柴的，谁也不会平白无故上这儿来。他不惮劳苦，独自跋山涉水来到这里，必定有什么吸引了他。看来要找他，就得从这座山入手。

　　我打定了主意，匆匆赶到了雾中山。本以为山中随处可见古迹，也能遇见几个山民，从中可以探访他的行踪。谁知山空空、林寂寂，到处荒草没膝，未见半个人影，亦无任何文明迹象，根本无从找寻。

　　这可怪了，他来这里的目的是什么？此处无古可考、无人可访，莫非他忽然萌发了出尘之思，抛开纷纷扰扰的红尘俗世，到这儿来追寻闲逸心情？难道他……

　　噢，我不能再胡乱推想下去了，越想越离奇古怪。理智告诉我，这一切推测都不能成立。这和他的人生观念、职业良知、冷静沉着的性格都不相宜。他究竟为什么入山，如今身在何处？这暂时还是一个难解的谜。雾中山啊，雾中山，真是个迷雾重重、难以参透之处。看来我只有硬着头皮向上攀登，遍山寻找了。

　　我寻友心切，在林莽中深一脚、浅一脚地往前行进。边走边喊，惊起了一群群林鸟，传出了一阵阵回声，却得不到半点回应。好在我是地质工作出身，登山尚不生疏，出了一身汗，终于穿出了林子，登上了峭拔的峰顶。此时天高地阔，莽莽群山悉数在脚下，眼前一片空旷。从幽暗的林中走出来，只觉赤日当头，一片金光灿烂使人头晕目眩，无法自持。

山路在这里已到尽头，上是天、下是地，四面一目了然。仍然没有曹仲安的踪迹。我失望了，正待转身回步，目光一转，却无意中瞥见崖边一块蛮石上有四个篆书大字：飞来佛记。

这块石刻吸引了我。走过去细细一看，才看见布满苍苔的石面上还有一些模糊不清的小字，仅可依稀辨认出几行不成句的镌文。文曰："……有佛……仙艖自西南微外飞来。……常来去。……雷雨夕……坐化。……摩腾、竺……秉佛祖涅槃遗言，来此……雾中大光明山……"

我知道，东汉明帝曾遣使西行，迎来摄摩腾、竺法兰两位古天竺高僧，并为他们在洛阳修建白马寺。他们是佛法东传史中赫赫有名的人物。铭文中所载的两人必是他们无疑。可是他们初来中国，是皇家上宾，在首都洛阳建寺讲经，定免不了许多应酬事务，怎么会不避蜀道险阻，来到这个偏僻的山野？释迦牟尼佛涅槃时，真的留下了遗言吗？遗言内容是什么，和这里有什么关系？摄摩腾二人遵照佛祖遗言，到这座荒无人烟的雾中山来干什么？最后，还有开头那个神话似的谜。真有"飞来佛"的故事么？"佛艖"是何人，"仙艖"是何物，怎么会从天外飞来，还能随时来去？雷雨之夜坐化的是谁，是否和"飞来佛"同一人？他死了，留下的"仙槎"在何处呢？难道无人驾驶，可以自行飞回渺渺长空吗？

我无法判明其中的真真假假，脑海中生出这一大堆的问题。然而，我却几乎立刻就明白了这座山名的含义。它的本名是雾中大光明山，描绘得恰如其分。瞧，在浓密的云雾之上，峰顶忽然大放光明，实在再贴切不过了。

可望着这碧澄澄的天空，光秃秃的山顶，浓云密雾封闭的山谷，我迷惑了。曹仲安、飞来佛、仙槎……原本迷雾腾腾的事件变得让人更加迷惑了。

## 二、贝币上的编码

我两手空空地从雾中山归来，满怀惆怅地提起沉重的笔，在日记上写下一句我不想写的话：他失踪了，山上没有踪迹。

时间静静地过去。很快就过去了几个月，曹仲安依旧没有任何消息。省城里关于他的议论逐渐平息，仿佛他是从现实生活里消逝的古人，历史的书页在他名字上轻轻翻过去了。

可是我仍旧没有放弃寻找。在没有得到确凿证据以前，我不会轻易做出该把他从现实生活中抹掉的结论。这是科学态度，也是为了我们之间深厚的友谊。

我已做好了周密的计划，打算再次奔向雾中山，逐尺逐寸地彻底清查，不找到他或他留下的痕迹绝不罢休。

遗憾的是，这次行动被一个意外事件打断了。省城西南几百千米外的大凉山发生了强烈地震，我不得不中止手中的工作，带领调查组立刻奔赴现场救灾。

我们踏着被乱石堵塞的小径，星夜兼程赶到震中地区。只见遍地山石迸落、林木倾倒，地面像剥开的石榴皮般被翻转开来，疮痍满目。

忽然，道边一座震裂的古墓引起了我的注意。这是一座用大块青石铺砌的异型古墓，墓外仅竖立着一块天然蛮石，并无任何碑记。若非地震震裂墓穴，人们很难发现它的存在。

墓穴裂开处，露出一条幽暗的墓道。为了探查究竟，我带领两个助手弓着身子钻进去，走了几步，进入一个宽大的长方形墓室。墓室四壁用石块堆砌，墓底铺有一层碎石板，中间放着一口大石椁，椁盖也被震开了。

我们走到椁边一看，石椁内另有一口石棺，二者空隙内堆放了许多珍奇的陪葬物品。根据保存在椁内的文本，墓主人的身份也查明了。他生于西汉初年，是一位邛都夷①的豪强。他拥有大片山林，僮仆成群，和汉朝、滇国都有政治、贸易来往，是西南地区一位有势力的部族首领。记得曹仲安曾多方寻找他的墓葬，想不到竟隐藏在这个偏僻的山谷里，被我无意中发现了。

①邛都夷：古代部落西南夷的一支，秦汉时期聚居于今四川凉山地区西昌邛海一带。

按照文物保护条例，发现这座珍贵的古墓必须立即上报有关部门，由考古专家组织人力有计划地清理。可是现在已经来不及了。眼下余震不绝，周围的山石还在不断崩落，一次更加强烈的地震正在孕育中，随时可能发生，届时造成的灾害就很难估计了。

　　为了抢救墓内的珍贵文物，我吩咐助手清空背囊，赶快收拾椁内的重要陪葬品。我也亲自动手，把一些易碎的物件小心放进饭盒保存。

　　我弯身捡起一个白色贝币，瞥了一眼后，我惊得瞪大了眼睛。只见雪白的贝壳表面整整齐齐写着几个红字"印度洋NO.24"。这是用笔尖沾着油漆仔细书写的，字形瘦削锋利，看起来异常眼熟。

　　我认出那是曹仲安的笔迹！虽然我一时惊愕，几乎不敢相信，但这的确是曹仲安写的字。我对这种笔迹实在太熟悉了。字如其人，瘦削、锋利，绝不会弄错。

　　可我转念一想，心中又犹豫了。试问，曹仲安的笔迹怎么会封存在这座两千多年前的古墓里？如果他曾来过，为什么不带走这些文物？为什么亲自编号后又放回密不透风的棺椁里？再说，邛都夷部族首领墓向来被认为是一个谜，如果他早就发现了，何必又白费力气四处找寻呢？常识告诉我，起初的推断是不可能的。人世中相貌相同者尚有不少，千古以来书法岂无相似的？也许这碰巧只是相似的笔迹吧！

　　我放下了它，正待伸手去取别的文物，忽然脑子里掠过

106

一道闪电，又急匆匆抓起它来，重新审视贝面上的红字。

没有错，贝币表面是这样写的："印度洋NO.24。"

我问自己：西汉初年哪有印度洋的概念？古人怎会这样书写？"NO."是英文缩写，常用于科学编码，古时哪有使用英文之理！

毫无疑问，那就是我的朋友曹仲安亲笔写的。但这个编码贝币是怎样失落在这儿的？

不，不是失落，是封藏。

我环视墓室。青石封闭严密，并无任何罅隙，若非这次地震破坏，断难重见天日。曹仲安纵有千般本领，也无法潜入穴内。这个编码贝币绝不是他失落在墓内的，而是原本就封藏在其中的东西。

合理的推论只有一个：曹仲安必定在墓室封闭前就接触过这个白色贝币，并判定它来自遥远的印度洋，从而为它编了号，而后贝币作为墓主人的陪葬品被放进了墓内的石椁。

然而，在逻辑上这又是极不合理的。这两千多年的时间差，怎能允许他观察到这个尚未被放入墓中的贝币呢？

我不是包公，也不是福尔摩斯，却遇见了比他们遇见过的更加棘手的问题。到底什么才是合理的？这真把我弄迷糊了。我竭尽全力思索，却理不出半点儿头绪。

我困惑了，感觉却是清晰的。在我分裂了的内心世界，有一种古怪的直觉：我是对的，这的确是曹仲安的笔迹，我的推理没有错……

啊，真是魔幻！这实在不可能，却又是可能的。我失去了理智，被直觉支配着。我觉得一阵天旋地转，坠入了不可思议的魔幻境界。

## 三、平息风波的古铜瓶

曹仲安的确失踪了，但是没有完全消失。

邛都夷古墓内发现的编码贝币，证实他仍生存在某个看不见的空间里。不管这是真实的还是虚幻的，我都决定沿着这条线索追下去。说实在的，如今摆在我面前的也只有这条似真似幻的微细线索了。

这条线索的唯一证物，是那个带红漆编号的白色贝币。贝壳表面有曹仲安的手迹"印度洋NO.24"。

印度洋在邛都西南，而邛都在雾中山西南，雾中山又在省城西南。曹仲安孤身离开省城，走进雾中山，然后在邛都夷古墓里留下了他的笔迹，写的是更加遥远的西南方的印度洋。他是否踏上了一条无人知晓的秘密小径，悄悄走向西南方，到陌生的印度洋边去寻找贝币的来源，或是别的什么东西呢？

他上雾中山，必定是为了那个神奇古怪的飞来佛，邛都夷古墓里的东西也和历史有关。话说回来，他本来就是考古学教授，眼中看的、心里爱的，都是上千年的老古董。要往西南方找他，必须沿途寻史访古才行。

往西南，访古，最终目的地：印度洋。

这是我的新行动计划。也许这个计划成功的希望太渺茫。可是如今除了这条路，我又有什么别的办法呢？

结束了地震考察，我按照想象中的路线独自向西南方走去。一路上经过的地方，安宁河、攀枝花市、金沙江、巧家县，在我的心中都幻化为汉代的古地名：孙水、会无、泸水、堂狼。现实天地在我的眼睛里逐渐淡化了，铁路、工厂、火车、汽车，似乎都变成了海市蜃楼。一座座古墓、一道道汉阙、一方方碑石，渐渐在周围世界里凸现出来，变成了我唯一可见可闻的实体，我也仿佛坠入了两千多年前的汉代疆域。

我就这样一路行行重行行，由古邛都夷地界南下，经过古滇国，进入古叶榆①境内。这是西汉时期西南夷地区的另一个国度，苍山雄峻、洱海迷茫，一派大好风光。直觉告诉我，如果曹仲安的想法和我相同，他在南行途中必定不会轻易放过这一方宝地，径直奔向天外天的印度洋。

我放慢了脚步，在洱海岸边纵目四望，细察此处的形势。只见高塔、古寺、城郭、村寨，到处遗存盎然古风。男女老幼身着鲜丽服饰，无不洋溢着民族风情。我没有猜错，此情此景，不可能不打动一个西南民族原始文化专家的心，他肯定在这儿逗留过。

---

①古叶榆：汉代的叶榆，即今天的大理，因叶榆泽（洱海）得名。

我满怀希望迈步踏入村墟、田野寻找，却在精疲力竭后一无所获。我只好垂头丧气离开这座富有传奇色彩的边陲古城，沿着湖边古道向西南走去，把希望寄托于前方。

湖上，风细细、浪寂寂，一弯素月沾着洱海水波冉冉升起来。月光映出如凿如削的山的剪影，更加显现出几分谜样的色彩和葱茏古意。我边走边回头，恋恋不舍。走不多时，路没有了，前方横着一派暗沉沉的湖波。要想过去，必须觅船过渡。但是眼前一片水雾茫茫，哪有一只渡船？

踯躅间，忽然耳畔"咿呀"一声，一只小小的柳叶船从黑暗中慢悠悠漂了过来。这是一艘夜归的渔舟，舟上端坐着一个白族老人，连人带船融在夜色里。若不是船桨轻轻拨拉着水，几乎没法察觉他的存在。

小船傍了岸，我赶上一步向船上的老人打招呼，请求他带我过湖去。老人借着月光上下打量了我，略微沉吟了一下，伸手让我上了船。

好心的白族老人不顾身子疲乏，载着我重新荡进了湖心。空荡荡的湖面上只有他和我，荡着荡着，我们就聊起了天。

我和他谈起了山，谈起了湖，谈起神秘的叶榆古城。老人边划桨，边给我讲了一个古代叶榆人头领沉宝的故事。

"这是真的吗？"我问他。

"老人传下来的，哪会有假！"黑暗中的他目光炯炯，一本正经地说。

他说着起了兴致，把这个故事一五一十地讲给我听。据说，两千多年前，大汉皇帝还在位时，住在这儿的一位头人在南方化外之地得到一批稀世珍宝，满满载了一船带回去。谁知路上忽然风浪大作，几乎船沉人亡。为了平息风波，他亲手把许多宝贝投入湖心，这才逃脱了厄运。

"有证据吗？"我对这个故事产生了兴趣。

"要多，可没有。"老人说，"咱们村里的老人有一次撒网捞起了一个古里古怪的细脖子铜瓶，周身长满了锈。据说这就是当年那位老祖宗为了平定风波，抛下水的一件宝物。"

"能让我看一下吗？"我问。

"你来晚了，"老人说，"前不久有一个外乡人，说是专门考古的，已经把它带走了。"

"这个人什么长相？"我的心里产生了一个朦胧的预感，赶忙问他。

在黑暗里，老人蹙眉想了一下，缓缓地回答："高瘦的个子，戴眼镜，说话平心静气、有条有理的，像是一个有学问的人。"他慢吞吞地边想边说，逐渐勾绘出一个我十分熟悉的形象。

我的心怦怦狂跳着，忙不迭地从怀里掏出曹仲安的照片，递给他看，问他："是这个人吗？"

老人放下手中的桨，任凭小船在水上随意漂荡。他接过照片，在月光下眯起眼睛看了很久很久。最后，他放下照片肯定地点头说："没有错，就是他。"

# 四、戒日王新传

我的头脑中一片混乱，无法理出头绪。

曹仲安在洱海出现过。看来他似乎仍旧身在现世，并未隐入历史烟尘。邛都夷古墓事件或许是一个例外，也许还有暂未探明的原因。

我感到十分矛盾，尽力不想邛都夷古墓里的那个编码贝币，心中想着："他没有钻进历史就好！只要他还在这个世界上，我就有办法找到他。"

我安慰了自己，告别送我过湖的白族老人，南下穿过几座大山和几条湍急的山间河流，到达古哀牢国①所在的一个山中坝子。这里地处中国边陲，再往前走就是古掸国②、迦摩缕波③等化外之地了。由于自古以来它的位置就很重要，汉朝平定西南夷后，在这里设置了永昌郡，发展海外贸易。这里是沟通内外的一个重要城镇，常有国外客商来往，曹仲安如要出国或是研究古代历史，这里是必经之地。

时光流转两千多年，如古书所说那样，以"穿鼻儋耳④"为时髦的古哀牢习俗已不存在了，这里变成了一座现代化的

---

①古哀牢国：汉代的哀牢国，在今云南保山地区。

②古掸国：滇缅边境至缅甸一带。

③迦摩缕波：今印度东北部的阿萨姆邦。

④穿鼻儋耳：源自《后汉书·哀牢夷传》中的"哀牢人皆穿鼻儋耳"，意思是皆以金属鼻环和耳环为饰品。

小城，建筑形式焕然一新。城市不大，我很快就走访了海关、车站、派出所和大大小小的旅馆，但仍查不出曹仲安的行踪。

这可怪了，难道渡我过湖的白族老人看花了眼，曹仲安仍旧隐藏在历史的迷雾中，根本就没有返回现实世界？

一本境外流入的书印证了我的猜想。

为了寻访曹仲安的踪迹，我步入集市，和来自四面八方的海外客商攀谈，试图从他们的口中得到一些消息。

我走过一个书摊，忽然被一本新书吸引了。这是一本外国书，封面端端正正写着几个古体梵文：《戒日王见东土异人记》。

我知道，戒日王是古印度羯若鞠阇国国王，在位期间统一北印度，国事昌隆、文化鼎盛，与同时代的唐太宗齐名，为喜马拉雅山南北两大英明君主。他虔信佛教，广筑寺院。《大唐西域》里记载，玄奘赴印取经时，曾受到他的接见。除了唐僧玄奘，我却不知道他还见了别的"东土异人"。好奇心促使我拿起这本书仔细翻看。

不看不知道，一看吓一跳！我刚翻开第一页，就瞧见书中有这样一段不可思议的对话：

……戒日王见大唐圣僧玄奘后，有东土异人过迦摩缕波国来朝。王问："客从何方来，将有何求于敝邦？"

客曰："来自中国□□大学，欲来此研究古中印交通史。"

王问："中国岂非大唐乎？前有圣僧度西北雪山而来，客何从东北入境？"

客曰："大唐乃中国古时朝代，经宋、元、明、清和民国至今，已垂一千三百余年矣。昔人皆以为唐僧取经为中印交通正道，殊不知从中国西南滇、蜀，早有别道相通。昔张骞至大夏①，得邛竹、蜀布即经此道沟通也。即以输入印度、波斯、埃及、罗马之中国丝绸而言，亦最早循此道转运而来。愚以为此乃南方丝路，远早于传统称道的北方丝路。然而其间或黯然不明，以致大王不察。此正愚所欲籍大王鼎力相助，极思研究探明者也。"

王闻言大惊，起座执客手问："客果是何人，可留尊名以昭世乎？"

客乃从怀中探出一方白纸，韧如革。上书其姓名与职衔，乃考古学教授□□安也。

戒日王时代，岂有宋、元、明、清、民国和大学教授的观念？毫无疑问，这个"东土异人"是一个现代人，他的名字叫作什么"安"，十有八九就是曹仲安了。我对这本书产生了兴趣，便接着读下去。书中叙述，这个"东土异人"说服了戒日王，使他相信中印之间早有捷径相通，不必绕道中亚腹地，冒千里沙碛、万仞雪山而来。在戒日王的帮助

---

①大夏：今阿富汗北部。

下，他考察了印度全境，收集了许多散布在民间的中国丝绸、瓷器和其他文物，证实这条神秘的南方丝路的确存在。这个"东土异人"辞谢了戒日王，跨上一个金光灿烂的"神龙"，忽然腾空，隐身不见了。

这真是一本亘古未见的奇书。我问书摊的主人："这本书是从哪儿来的？"

他告诉我："这是在印度新发现的戒日王的故事，和从前的历史大不相同，轰动了整个印度，已经再版发行上百万册了。"

是啊，我的心也大受震撼。这本书向我透露了一个重要消息：曹仲安已经到达印度，他这次神秘考察的目的是探明南方丝路。只是我还有些不解：从雾中山开始，和他有关联的事情都是汉代历史，怎么一下子跳了好几百年，竟和与玄奘同时代的戒日王见了面？他用了什么法术，时而汉，时而唐，一会儿进入历史，一会儿又从历史里钻出来？真是神龙不见首尾，在历史烟云中随意出没，实在太神奇了！

## 五、老托钵僧讲的故事

我来到了印度。偌大的南亚文明古国，有多处佛塔、古堡、摩崖石窟、回廊壁画。这个热带阳光照耀下的国度，本身就是一个巨大的历史文物。千年文化的沉淀，数不清的古迹，无处不有曹仲安遁形隐身之所，给我的寻人工作带来了极大的困难。

我沿着那本奇书所指示的线索，从密林遮掩的迦摩缕波山谷入境，横过印度北方大地，直奔戒日王昔日的王都曲女城，追寻曹仲安留下的痕迹。

我边走边向着那些神秘的异国建筑和雕像群大声呼唤："喂，朋友，回来吧！"我深知曹仲安嗜古成癖，担心他勤于研究以致忘归，不再重返故土。这个充满了神话和魔法的国度有许多稀奇古怪的事情，我害怕他在时间旅行途中受到邪恶的蛊惑，误坠历史陷阱，永远葬身在历史的尘埃里。可是重重叠叠的时间像墙壁一般屏蔽了我的声音。历史深处没有传出任何回应。

曲女城没有他的消息。也许他早就辞别戒日王，远走他方了吧！我失去了线索，只好漫无目的地在印度大地上寻找。

有一天，我来到一个陌生的地方，在一棵不知经历过多少岁月的大榕树下，碰见一个额头布满皱纹的老托钵僧。他脚边放着一盂清水，纹丝不动地盘腿靠坐在树边，仿佛自身就是这棵盘根错节、周身缠挂着藤萝的大树的一部分。眼前是嘤嘤鸟语、款款花香，但他对这大好风光毫不心动，双眼木然地注视着一切，似乎透过这些形形色色的物象，看到了远处和更远处的无数存在和不存在的东西。

我想起了古印度的一句谚语："托钵僧属于现在，也属于过去和未来。"眼前这个面容冷漠的老托钵僧和他身后的大树一样，都说不清有多大年纪，曾有过什么兴衰荣枯的经历。不知他是否可以为我指点迷津。

我打定了主意，移步过去，虔诚地向他问讯。

"你是谁？"他的目光从远处转回来，直勾勾地盯着我。

我说明了自己的身份。

"噢，远方来的朋友，你有什么要求？"他问我。

我说了来意，希望得到他的帮助。

"这样的事，《黑天》和《往世书》①里都没有提起过，只有燃灯古佛②备悉一切。"他沉吟了一下，回答说，"不过，三世③来往是常有的事。我刚从南印度来，参见佛涅槃处，得知往古仙槎失而复来。或许这就是神佛出世后，重新入世的一个证据。"

从他的谈话里，我知道他刚从释迦牟尼佛涅槃处朝拜归来。他沿途托钵募化，不远千里赶到那里，为的是参加一年一度的释迦牟尼佛涅槃日盛会。

八方僧众齐集，欲举法事，但在那一日的前夜，东北方忽然飞来一道金光，照得万众无法睁目，纷纷俯伏在地，口诵经文祈求神佛保佑。待到金光熄灭后，有大胆僧人趋前观看，瞧见一只龙形仙槎端端正正落在地面，朦胧中似有一个人影跨坐其上。

这位老托钵僧博识群书，认出它是两千多年前由此腾空

---

①《黑天》《往世书》：印度的古代神话传说故事集。

②燃灯古佛：梵名提和竭罗，是佛教传说中的"过去佛"。

③三世：佛教名词，即过去、现在、未来的总称。

飞逝的一只仙艖。大众正待上前参见，眼前金光一闪，仙艖忽然消失不见，众人无不称奇。

"你怎么知道这只仙艖的往事？"我禁不住心跳气急，连忙问他。

"我早知你会提这个问题。"老托钵僧眼睛里露出一丝笑意，点了点头，不慌不忙地对我讲述了他的经历。

原来他为了研究释迦牟尼佛的生平，每年都要沿着佛迹，到佛诞生、成道和涅槃处参拜，寻访遗迹仙踪。时间既久，逐渐知晓许多人所不知的秘闻，备悉释迦牟尼佛的生平史实。

他研究佛史。发现佛艖有一段史料记载不清。传说释迦牟尼佛带领弟子走到拘尸城郊时患了重病，侧卧在两棵娑罗树间的绳床上痛苦呻吟。佛自知将要离开人世，弟子们守候在绳床边凄惶哭泣，祈求上天为佛延年，转死为生。那天夜晚，有一个名叫须跋陀罗的婆罗门学者想来看望释迦牟尼佛，却受到弟子阿难陀阻拦。佛吩咐须跋陀罗上前，咐在耳边向他说法，言毕就瞑目了。于是，须跋陀罗就成了佛最后的弟子。

值得注意的是，须跋陀罗随同众弟子火化佛身后，就转头悄然离去，未曾与人交谈一句。谁也不知释迦牟尼佛留给他的遗言是什么。

老托钵僧对须跋陀罗的行踪产生了兴趣，起誓要查明他的下落，追寻释迦牟尼佛留给世界的遗言。可是有关须跋陀罗的记载不多，他本身就是一个谜。

不懈努力，历经寒暑，老托钵僧走遍了北方雪山里的荒岭深谷，南方阳光下的密林绿野，终于弄清了须跋陀罗的历史。他皈依佛门后，遁入深山闭门修炼，时常夜半起身秘密观察天象，似是期待天空某种神迹降临。不幸的是，他终生守候却一无所获，临终传言身边弟子，让弟子继承他的事业。遗憾的是，他最后给弟子留下的遗言没有片言只字的记载，成为佛门中的一个秘密。

最后，他的传钵弟子搬到释迦牟尼佛涅槃处结庐居住，终于在一个星月俱朗的夜晚盼到奇迹。天空中金光闪亮，一个身披金属衣甲、不露面容的神人，乘坐龙形仙艖翩然而降，将仙艖交付与他，又转身登上另一只接应的仙艖飞去。几天后，须跋陀罗的传钵弟子叩辞了释迦牟尼佛的舍利灵塔①，乘坐仙艖向东北方向飞去。此后，他曾数度返回，参拜佛涅槃处，向当年拴系绳床的娑罗灵树禀告，似乎想向已逝的释迦牟尼佛诉说什么秘密。可惜他最后一次飞去后，就不知所终，无法知悉他缄口不言的秘密。老托钵僧猜想，他和须跋陀罗的行动，肯定和释迦牟尼佛的临终遗言有关。

探索释迦牟尼佛遗言的线索中断了。但是老托钵僧深深相信，水流有痕、风过留迹。如此一件大事，历经须跋陀罗师徒两代人，不可能在凡间不留下半点痕迹。他把研究重点

---

①舍利灵塔：指贮存佛骨的塔墓。

集中在须跋陀罗传钵弟子的草庐旧址。掘地三尺后，他终于获得一个密封石，内贮一方丝绸，上绘一艘龙形仙艖和异地山景。由此他得知了仙艖外貌，并且推算出它失踪的年月，现在一五一十地说给我听。

"这是真的吗？"我已经有所猜测，忙不迭地问他。

"是的。"他微微点了点头，伸出枯槁的手指，从怀里掏出一方残破不全的丝绸锦帕递给我。我双手接过来，立刻就辨认出绸面上所绘的内容。

雾中山！一点儿不错，这幅古绸上画的确是中国雾中山的山景。唯一和我所见不同的，是停放在山顶巨石边的一艘龙形仙艖。

一切都明白了。雾中山、飞来佛、神秘的仙艖、失踪的曹仲安……

不用说，当然还包括释迦牟尼佛临终的遗言。

## 六、尾声

我不再苦苦寻找曹仲安了，因为没有这个必要了。

几天后，我在新德里的街边买了一份刚出版的当地晨报。在还散发着浓郁油墨香味的报纸上，头版头条刊布了一则快讯：《中国考古学家曹仲安访古归来，揭示亚洲南方丝路之谜》。

这个消息来自美国中西部。曹仲安驾驶一只龙形飞行器，降落在一所著名大学校园的草坪上，出席在那里举行的国际东方考古学术会议。

在来自五大洲的考古学家和记者们的面前，他讲述了自己的发现。他指出起始于中国成都，经云南、缅甸、印度西行的南方丝路，是沟通中西文化、经济最古老的通道。不仅中国人曾沿着这条古道，把邛竹、蜀布、丝绸、瓷器等商品带到西方，西方各国也有人经此来过中国。

曹仲安得悉雾中山顶有一处石刻与此有关，只身进山寻访，果真发现一个题名为《飞来佛记》的篆文刻记。刻文记录，释迦牟尼佛涅槃时，曾秘密嘱咐弟子来此勘察，以择址建寺弘扬佛法。他据此推论，当时已有印度人到达中国西蜀地区，向释迦牟尼佛通报消息，说明中国是东土大国，人口众多，文明昌盛，应该派人前往宣扬佛法。他认为，首次应邀来中国建寺讲经的印度高僧摄摩腾、竺法兰，不顾佛事繁忙，急匆匆从洛阳赶到雾中山，就是秉承佛祖临终遗言，打算在南方丝路的起点建立佛寺。

在雾中山顶，他意外地发现了一只结构精巧的飞行器，它不知是用什么合金材料制成的，历经无数岁月周身仍旧金光灿烂，毫未朽坏。他仔细观察，方知这是一个全凭意念操纵，可以出入任何时空领域的时空飞船。这显然就是石刻中所云的"仙艖"，从印度来此的"飞来佛"必定就是乘坐它来的。

从工艺水平来看，曹仲安认为这只仙艖不可能是人间的产物。很可能远古的南方丝路，曾引起了当时到地球访问的外星人的注意。他们察觉这条绵亘万里的古道联系着地球上文明最灿烂的地区，便深入观察研究。他们考察完毕返回母星前，把一只龙形时空飞行器赠送给南亚次大陆的佛教徒，希望他们用最迅捷的办法，到南方丝路起始的地方去访问。

曹仲安十分高兴，决意乘坐这只奇怪的仙艔遨游时空，深入考察神秘的南方丝路。

他顺利来到两千多年前的西汉，在南方丝路的第一站，会见了一位邛都夷部族的首领。豪爽的部族首领向他展示了许多来自西南的宝物。曹仲安认出，其中有一些白色贝币是用产于印度洋的热带海贝制成的。他亲手给这些贝币编了号，带走了几个作为凭证。

接着，他在云南大理返回现世，从一个老渔民的口中了解到古时的一次沉宝平息风浪的事件。他从老渔民的手中借了一个捞获的铜瓶，返回事发时代，向当事人印证了此事后，取得几件宝物，作为南方丝路存在的又一个证明。

后来，他调整时间，飞往古印度曲女城，会见了慕名已久的戒日王。他向戒日王详细介绍了自己的研究计划，戒日王不禁觉得耳目一新，大为振奋，传令属下协助曹仲安工作，并且计划遣使通过山墙林莽，沿南方丝路东行，拜会大唐天子，交流文化，发展贸易。在戒日王的帮助下，曹仲安获得了许多珍贵史料，满载而归。

最后，他乘坐这只仙艔，沿着两千多年前的航线，径直飞往释迦牟尼佛涅槃的拘尸城。他来到娑罗树间的绳床边，亲自询问临终的释迦牟尼佛，证实他的确知悉东北天外的中国，也有人向他报告了雾中山的情况。获得证实后，他又飞回现代，目睹佛门弟子齐集圣地，准备举行涅槃日大会的情形。

他本来打算在那里，对朝着仙艖走来的一个老托钵僧说几句话，言明所知的事实。可是眼见众多僧人从四面拥来，一旦接触便无法立时脱身，而国际东方考古学术会议即将开始，他只好立即起身飞往美国中西部。

曹仲安在大会上展示了许多直接采自古代的南方丝路文物，播放了他和戒日王谈话的录音和许多历史的现场录像，使到会者产生了莫大的兴趣。他们一致认为，这是20世纪末叶世界考古学上最伟大的发现。它结束了古典考古学时代，在新的世纪即将来临的门槛上，开创了人类直接进入历史考古的新篇章，有极其重要的意义。曹仲安成了这场考古科学创新的带头人。

国外许多学府竞相发出邀请，约请他前往讲学。有人建议他在美国定居，甚至期望他改换国籍。可是曹仲安仍像往常那样沉着冷静地回答："不，我的事业不能离开中国的历史和中国的土地。国外的生活环境和研究条件虽然很好，但是缺乏巴蜀音响、夜郎气息、大理湖光、昌都山色，没有藏、彝、苗、傣各族人民的身影和纯朴歌声。一个中国西南民族原始文化考古专家，怎能长期离开那丰富多彩的生活环境。我是一朵开放在中国西南山野的小花，如果把我采折放进花瓶里，离开生长的土壤，我绝不能永驻芬芳，迟早会在瓶中枯萎。"

他最后大声宣称："更重要的是，我是东方一个伟大民族的传人。我是中国人，我永远热爱亲爱的祖国。我一定要回中国。"

我久久注视着他在报纸上的照片。他容颜依然，心迹依然。噢，朋友，我了解你。虽然此时相隔万里，暂时无缘重逢，然而我深深相信，你绝不会食言，必定会返回故土，在南方丝路起始的地方，宣读你的震撼世界的研究论文。

曹仲安，我期待你归来……

**关于作者和作品**

刘兴诗，生于1931年，地质学教授，史前考古学和古生态环境学研究员，先后于北京大学、华中师范大学等高校任教。自1961年发表第一篇科幻小说《地下水电站》开始，就与科幻结下了不解之缘。其科幻创作跨越半个多世纪，体现了当代中国科幻发展各个阶段的特点和科幻价值观的变化，被誉为"中国科幻小说鼻祖之一"。至今已在国内外出版作品逾350本，获奖150余次，多部作品被改编为电影、话剧、歌剧、广播剧等，是孩子们喜欢的"刘兴诗爷爷"。

《雾中山传奇》是作家在1991年为纪念同为科幻作家和

考古学家的老友童恩正而写的，是年获得"第三届银河奖二等奖"。小说通过主人公"我"，讲述了蜚声中外的中国西南民族原始文化考古专家曹仲安失踪的故事。"我"循着一个个线索——雾中山的石刻、邛都夷古墓里的编码贝币、一本亘古未有的奇书，以及老托钵僧讲的故事，先后前往雾中山、古叶榆和印度，一路追寻曹仲安的行踪。但曹仲安似乎能在历史和现实中穿梭往返，神乎其神。直到结尾，新德里的晨报上刊登的快讯才道破真相：曹仲安乘坐外星人留下的龙形时空飞行器——"仙槎"遨游时空，深入考察神秘的南方丝路。访古归来，他不仅揭开了南方丝路之谜，还结束了古典考古学时代，开创了人类直接进入历史考古的新篇章。

作家将历史素材与地理题材融合，在时间线索上贯穿过去、现在与未来，使这篇"历史科幻小说"充满了悬疑色彩。故事最后落脚于当下与现实，做到了"言在天外，意在人间"。

# 来自宇宙的米老鼠

[美国] 弗雷德里克·布朗

老鼠的名字"米基"是后来才取的,最初它只是一只普通的老鼠,和所有的老鼠一样,也住在房子的地板和灰泥下面。尽管它每次进屋时都会小心翼翼地竖起耳朵,但它也和其他老鼠一样,从不去管这所房子的主人是谁,哪怕主人就是大名鼎鼎、受人尊敬的赫尔教授。

就这样,小小的灰毛老鼠和灰发的小老头住在康涅狄格州的同一所屋子里。差别只在于老头孤身一人,却住着大房子;而老鼠虽然拖家带口,却只能住在护墙板后面的缝隙里。

赫尔教授是一个性格孤僻的人,他是个单身汉,在家里能整小时地自言自语(这一点在以后至关重要),而米基老鼠的耳朵又极为灵敏,于是它也整小时地倾听着主人的夜间独白。当然，它并不能理解独白的内容。在它看来，教授是一只啰唆不休的超级老鼠，还日夜不停地忙碌着。

教授是研究火箭制造的，但当时谁都不知道他竟然能成功自制出一枚宇宙火箭，而且还是微型的。

教授用新型的合金材料制造自己的微型火箭。经过夜以继日的计算，他的艰辛付出终于有了初步成果，现在他已能带着慈父般的爱来欣赏这一产物了：一米高的发射装置已在临时发射架上安装好了。

安装好发射装置后，这位科学家第一次看见了米基，更准确地说，是他的目光正好落在一对灰色的髭须和一个黑得发亮的鼻子上，那小鼻子正紧贴在护墙板的缝隙中间。

"你好啊！"教授说，"米基阁下，你不想出去来一场旅行吗？"

教授没有等待米基的同意，就马上去城里买了个老鼠笼子。他在笼子里放了一块奶酪，刚把笼子放在桌上，米基就闻到了那股心爱的气味，迫不及待地扑向它，成了教授的俘虏。

装着老鼠的笼子一直放在桌上，而在桌旁整日整夜工作的教授也不知疲倦地对老鼠说话。

"你知道，我本来是想从哈特福德的实验室里拿一只白老鼠来的，但这又何必呢？你更好，更健康。长期住在黑暗中，你的眼病也会更少些。看见我做的这副有趣的翅膀了吗？它能帮你在大气层中着陆，会让你缓慢又安全地降落下来。而这个防震器将保护你的头不受撞击。"

别以为教授对着一只灰色的小老鼠自言自语，就是头脑有毛病，事实上，赫尔教授的头脑非常聪明，他不仅是真正的发明家，还是工程师。他对米基说，他使用的所有零件都是自行设计和制造的，只要能精确设计并细致装配，就能发挥作用。

"我们肯定能够克服地球引力，不过在大气对流层以及平流层里可能还会遇到些麻烦，但是我想，你一定能成为世上第一个动物宇航员，并且会绕月球一圈。可惜我的体型太大了，不然咱俩就可以一起去了。"就这样，教授结束了他对米基的告别词。

当老鼠米基正被新鲜奶酪的气味以及发动机的轰鸣声搞得昏头涨脑时，它已无忧无虑地离开了地球。把它送走的赫尔教授总不免有些忧虑："它真能上月球吗？它还能回来吗？"教授当然是一位伟大的科学家，但是他也无法知道这件整个地球都没人知道的事情——火箭升空后不久，地球附近正好有一艘来自帕克里星球的飞船经过。

自从火箭发射以后，教授就整夜不离开望远镜，耐心地用直径20厘米的反射镜头朝火箭所去的方向观察，不知这一切的人根本发现不了那火箭尾部喷出的极为微弱的火苗。白天能见度太低，教授只好做家务打发时间。他在整理工作桌时，突然听到一阵忐忑不安的吱吱声。他看见笼子里又来了一只灰色的小老鼠，它和米基一般大小，胡须和尾巴更短一些。

"哟！"教授惊呼道，"你是米莉夫人吗？是来找米基的吗？"

教授虽然不是生物学家，但这一次他碰巧说对了。这正是米基的伴侣，凭着某种神秘的直觉进入了连诱饵都没有的老鼠笼子。不过教授对此并不知情，也不感兴趣，他只是为米莉的勇敢而激动，并马上朝笼子里塞进一块足够大的奶酪以示招待。

赫尔教授庆幸自己又有了新的交谈者，于是决定为老鼠夫人造一个没有铁栅栏的新住所。不到一小时，米莉宽敞的新家就造好了。那是用包装纸箱的盖子做成的，四周没有栅栏，但教授在周围放上了薄金属片，用小变压器通上了微弱的电流。米莉起初在中间的安全地带散步，但不久就被薄金属片上的电流上了第一堂课，于是它再也不愿靠近边缘，触到金属片。教授也用不着再为米莉担心，因为它在这里能吃饱又暖和，应当很幸福。只是可爱的米基现在到哪了呢？于是赫尔教授在望远镜旁度过他的又一个不眠之夜。

就在这天夜里，教授感到非常不安，他已经再三复核过自己的计算，又通过屋顶的洞口用望远镜一再地寻找目标，可光点还是没出现。

就在两个小时以前，教授还看得见火箭，即使它已经偏离了轨道5度，而且行踪诡异。它在打转子，用术语描述则是呈螺旋状飞行。使教授疑惑的是，它旋转的范围越来越小，就像是在某个不可能存在的轨道上似的。

"这该死的轨道是怎么回事？"教授还是想不明白，火箭却已消失在苍穹的黑暗之中。重新检查之前的计算后，他深信自己无误，脸色苍白地转向米莉说："也许是火箭附近有个力场，我在计算时无法预见到这一点。"

教授想，还能对火箭重返地球寄以希望吗？如果真的能够返回，怕是连爱因斯坦本人也算不出着陆点的具体位置。教授并不知道这个责任其实应该由帕克里人来承担。

凯勒——帕克里人飞船的主要负责人——轻轻拍了拍助手贝米的肩部说："瞧，有什么东西在朝飞船飞来？显然是个人造的运动物体！"

贝米把视线转向墙上的大屏幕，又用自己的脑电波脉冲将大屏幕上的图像放大了十倍。屏幕上的图像开始跳动，出现了交错的线条，然后又趋向稳定。

"是个高度原始的设备，"贝米说，"极为普通的火箭，是按照运动的反冲原理工作的。我看看它来自哪颗行星。"

贝米看了一下大屏幕旁的数据，不一会就计算出了答案：发射地是地球。同时也算出了赫尔教授万万没有想到的事——火箭受到飞船的影响偏离了轨道。

"是地球。"凯勒若有所思地说，"上次我们对他们的文明产生兴趣时，我记得他们的科技水平还无法制造火箭呢！"

"他们的进步巨大。"贝米说，"现在怎么办？是接管它还是毁灭它？"

"不要毁灭它，把它弄过来看看。这种火箭对我们没什么危险。"凯勒说，"准备好超强力场，让火箭进入环绕我们运行的临时轨道，直到我们准备好飞船外面的降落场地为止。别忘了在火箭降落前关闭它的发动机。"

火箭降落得十分顺利，待在暗舱中的米基只是感觉到发动机从轰鸣突然变得安静。

凯勒坐在意念遥感机前面，几分钟后说道："火箭里有一个活的生物，但我捕捉不到它的思维，好像它正在用牙齿做着什么。"

贝米认为火箭里面不是地球人，因为人要比火箭大得多。也许这是枚实验火箭，不是用来载人的。

"我想你说得没错，贝米。"凯勒点点头，"得进一步研究一下这个生物的思维，或许我们能学到更多东西。尽管它比我们大得多，我还是想冒险把门打开。"

"那么空气呢？地球上的人没有稠密的空气是无法生存的，就连动物也如此。"贝米提醒说。

"没关系，强力场能固定空气不逸散。我确信那里面有空气再生设备，不然它也活不到现在。"凯勒做了决定。

几分钟后，在强力场的作用下，一只看不见的手打开了火箭的外门，接着是内门，于是所有帕克里人都看见一个恐龙似的怪物从门内探出了脑袋，它还长着两撇浓密的灰胡髭，每一根胡髭的长度都与帕克里人的身高相当。贝米不无嫌恶地说："我觉得，这家伙比我们的牲畜还要笨得多。"

"现在下结论为时过早，"凯勒打断了他的话，"当然，这种生物是不聪明的，但每个动物的潜意识里都有记忆，如果它听过地球人的谈话，或者见过这枚火箭之外的东西，那么每句话、每一张图片都会在它脑海中留下难以磨灭的痕迹。"

"啊，凯勒，我这倒没有想到。"贝米喜形于色，"我们马上用心理记录器追踪这家伙自出生第一天起的记忆。"

"没有这个必要，"凯勒说，"把X-19波发往它的大脑中枢，在不干扰它的记忆的情况下，只要加强它的智力就行了。目前它的智力只有0.0019。"

"你打算让它变得像我们一样聪明吗？"

"不，当然不！"凯勒吩咐道，"把它的智力提高到0.2就足够了，以使它能够复现并理解自己的记忆。"

在他们进行实验的时候，凯勒对助手说："看一下意识图的指数，现在已唤醒了它对许多谈话的记忆。真奇怪，这都是些自言自语。眼下它能够用自己的语言和我们说话了，这总比教会它使用我们的语言要简单些。我们的速度得加快了，贝米，有一个词被重复了多次——米基，这大概是它的名字吧。"

总之，经过了雪崩似的反应，米基总算透了口气，它们之间能对话了。

"请问，你所使用的语言是地球上通用的吗？"

"不，"米基回答，尽管它以前从没想过这个问题，"赫尔教授曾对我讲过其他语言，而这种语言是他到了美国才学的，叫英语。这是一种相当优美的语言，不是吗？"

贝米哼了一声作为回答，而凯勒则把谈话主题引到另一方面："你说过，你是老鼠，那么地球人对你和你的同类友好吗？"

"大多数人不喜欢我们。"米基不失公正地回答。

"米基，我想提醒你一件事，你现在千万不能触碰电流，因为你脑子里的分子结构已经重组，它是不稳定的，而且……"

但是贝米又打断了凯勒，提出一个新问题："米基，你认为赫尔教授在火箭制造方面是地球上的权威吗？"

"绝对是的。"米基回答，"我听说有许多其他杰出的科学家，他们都只精通一门特定的知识，比如数学、天文学，而能掌握各种知识的就只有赫尔教授一人。他发明出的新型火箭燃料走在科技最前沿。"

对于帕克里人来说，这只名叫米基的灰色小老鼠如史前猛兽那么庞大，它可以将任何一个帕克里人"一爪毙命"！不过老鼠天性平和，根本没有这么想过，就像帕克里人也从未想过要伤害老鼠一样。他们对米基里里外外彻底地研究了一番。在研究了它的智力和心理活动以后，帕克里人打算继续他们原先的航程了。凯勒为了对米基表示感谢，就说："米基，你想要件衣服吗？我知道地球上所有的文明种族都是穿衣服的。"

"好啊！"米基说，"我甚至知道要什么样的衣服，赫尔教授有次给我看了幅画，是大艺术家华特·迪士尼先生画的米老鼠。它穿一条鲜红的裤子，前后各有两颗纽扣，后脚穿一双黄鞋子，前脚戴一副黄色的手套。别忘了给我的裤子后面留个洞，这样尾巴就可以露出，自在多了。"

"没问题！"贝米说，"一会儿就好。"这是他们送米基回去前的一番谈话。

"我们已经做好了送你回去的一切准备，如果着陆地点不在赫尔教授家附近的话，别担心，我们相信不会相距太远。"

"啊，谢谢！凯勒教授和贝米教授，真可惜我们就要分手了。"米基向他们道别。

经过遥远的旅行，火箭依然降落得十分顺利，着陆点离赫尔教授的家只有60多千米。帕克里人为米基考虑得十分周到：米基的装备可以使它在水下生存一个星期，还有足够的合成食物。不过这些它都没有用上，因为它正好搭上了一艘船。它躲在底舱的夹缝里，生怕被人发现。一个半小时以后，它就回到了赫尔教授家。

"您……您好，赫尔教授！"

"谁？谁在说话？"教授四下张望着问道。

"教授，是我，米基。是您把我送往月球的，而我却到了……"

"呃！谁在开这种玩笑？是我神经错乱了吗？"

"不，不！赫尔教授，我现在已经能像您一样说话了。"

"你说你会……我不相信。让我看看。米基，你在哪里？"

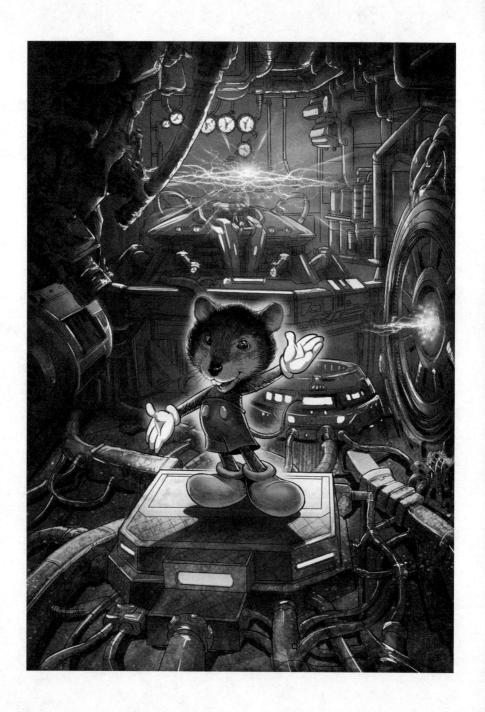

"我躲在墙边的洞里，谁知道您会不会由于激动而弄伤我呢？那样的话就谁也不知道帕克里人的事了。"

"你说什么？米基，我伤害过你吗？"

老鼠这时才走出墙洞，来到了房间中央，还穿着那条红裤子。教授先生大吃一惊，问："是米老鼠？"

"教授先生，别激动，我这就把一切全告诉您。"

然后米基就讲了旅行中经历的一切，他们谈了整整一夜。当黎明来临时，米基和教授还在说话。

"对了，米基，你知道米莉——就是你的妻子——住在另一间房里吗？"

"妻子？"米基有些吃惊，它当然已经忘记了自己的家，不过教授的话提醒了它，于是米基迫不及待地钻过了门缝，然后……

接下来发生的事情用不着猜了，这都怪赫尔教授并不知道凯勒对米基讲过要小心电。米基那样不顾一切地扑向还在熟睡的米莉，就在它碰到薄金属片时，一股电流通过了它的大脑。它四脚抽搐了一下，仅仅是一刹那，它就已经……

"米基！"教授唤道，"你上哪儿去了？我们还有一系列问题要谈呢！"可是他没能听到任何回应。

进入那个房间后，教授看见两只灰老鼠依偎在一起。此时已经很难认出谁是米基、谁是米莉了，它俩一般大，米基身上的红裤子和黄手套也已不复存在。

"米基，来给我继续讲下去！"没有回答，只有绝对的静寂。

"我可爱的米基！你又是一只普通的老鼠了，不过你总算是回到了自己幸福的家庭。"

教授带着微笑注视着这对老鼠。最后，他用手掌托起它们，把它们放到地板上。一只老鼠立马躲进了洞里，另一只用小黑眼珠不解地看了教授一眼，然后也躲进了洞里。

"是时候回去过老鼠的生活了，米基，我想你现在更幸福吧！在我家里，总有你们爱吃的奶酪。"

（孙维梓　编译）

## 关于作者和作品

弗雷德里克·布朗（Fredric Brown，1906—1972），美国科幻小说、推理小说作家。他擅长创作幽默和微型小说，他的作品情节设计巧妙，伏笔颇多，引人深思。他的科幻短篇小说非常具有思考性和预见性，在他去世后的数十年里，拥有了越来越多的拥趸。《来自宇宙的米老鼠》是他1942年发表的一篇科幻小说，以一只被人类送入太空的老鼠的星际旅行为主题，在2018年获得"1943年回顾雨果奖最佳中短篇小说提名奖"。

科学家赫尔教授自制出一枚微型宇宙火箭，将一只名叫米基的老鼠送上月球，但是火箭在飞行途中遭遇一艘来自帕克里星球的飞船。帕克里人利用强力场使火箭降落在了自己的飞船上。他们对米基做了一番研究，提高了它的智商，读取了它的记忆，并赋予它说话的能力，还送给它衣服穿。于是，米基变成了华特·迪士尼笔下的米老鼠的形象，成为一只太空米老鼠。随后，帕克里人还把它送回地球。会说话的米基回到了教授家，打算和教授好好说说它的星际奇遇。但是话还没说完，它因为急于要见到妻子而触电，变回原来的自己——一只普通的灰老鼠。

　　故事构思巧妙，第一只太空动物的出现是在小说发表的数年后。我们在阅读老鼠的星际奇遇的同时，也开始思考科技与生活、人类与动物、地球与外星文明的关系。有读者甚至这样评论道："鲁滨孙或格列佛的冒险故事，跟这只米老鼠比起来都不值一提。"

# 幸福的结局

[美国] 亨利·库特纳

故事的结局是这样的:

詹姆斯·凯尔文满脑子都是那个留着红胡子的化学家,他曾许诺给自己一百万美元。现在,凯尔文只需要按下关联装置,调节一下自己的大脑,让自己的大脑和另外一个人的大脑关联,这一诺言就会得到兑现。现在比以往任何时候都更重要的是,他只要再做最后一次。他按下机器人给他的小装置上的按钮,屏气凝神。

他穿越无尽的时空,寻找着那种关联。

他紧握住这道精神之光。

光束载着他疾驰……

红胡子男人抬起头,高兴得咧嘴大笑。

"原来你在这里!"他说,"我没听见你进来。天哪,我都找了你两个星期了。"

"快告诉我，"凯尔文说，"你叫什么名字？"

"乔治·贝利。顺便问一下，你叫什么？"

可凯尔文没有回答。他突然想起了机器人告诉过他的另一件事，按下能够建立关联的小装置按钮后会发生的另一件事。他按了一下，什么也没发生。那个小装置失灵了。它的任务完成了，这显然意味着他最终获得了健康、名誉和财富。当然，机器人警告过他。这个装置被设定为只能完成一项专门的工作。一旦他得到了想要的东西，装置就会失灵。

凯尔文得到了一百万美元。

他从此过上了幸福的生活……


故事的中间部分是这样的：

当他掀开帆布帘子时，一根没挂好的绳子甩在了他的脸上，把眼镜撞歪了。同时，一道明亮的蓝光射中了他暴露在外的眼睛。伴随着一种奇怪的、迷失了方向的剧烈眩晕，他的身体感受到了一种几乎是瞬间消失般的晃动。

眼前的一切重新清晰起来。他把帘子拉回原处，看到了印在帘子上的文字：占星术——伟大的占星师帮助你预测你的未来。然后他站在那里看到一个机器人。

它是一个——噢，不可能！

机器人用一种平静且一丝不苟的声音说："你是詹姆斯·凯尔文。你是一名记者。你今年30岁，未婚，遵照医生的建议，你今天从芝加哥来到洛杉矶。对不对？"

凯尔文惊得目瞪口呆。然后他把眼镜戴稳，试着回忆他写过的一篇关于骗子的文章。这是他们惯用的伎俩，他们总是想方设法地说一些让人不可思议的话。

机器人面无表情地看着他。

"通过读心术，"它继续一本正经地说，"我发现这是1949年。我的计划得修改一下。我本来打算到1970年的。我会请你协助我。"

凯尔文笑着把手伸进口袋。

"当然是用钱，是吗？"他说，"有那么一会儿我被你骗了。你到底是怎么做到的？你是立体投影吗？还是有人躲在你的机器壳子下操纵你？"

"我不是一个由人操纵的机器，也不是一个视觉幻象，"机器人向他澄清，"我是一个人造的生命体，来自遥远的未来。"

"我也不是你认为的那种笨蛋，"凯尔文轻快地说，"我来这里是为了……"

"你的行李票丢了。"机器人说，"你一边考虑该怎么办，一边喝了几杯酒，然后在晚上八点三十五分准时坐上了威尔希尔的公共汽车。"

"别用读心术了，"凯尔文说，"别告诉我你经营这家店已经有很长时间了。警察会追踪你的，如果你是一个真正的机器人，哈哈。"

"我接手这个地方才五分钟，"机器人说，"我的前任躺在角落的箱子后面昏迷不醒。你的到来完全是巧合。"它蓦地停住了，凯尔文察觉到它在观察，确认事情到目前为止是否顺利。

这有点儿奇怪，因为凯尔文根本感觉不到他面前这个巨大的、关节相连的躯壳里有一个人。如果人造生命这种东西有可能存在，他绝对相信眼前这个就是。但这是不可能的，他要看看它还有什么花招。

"我来到这里也是偶然的，"机器人对他说："这种情况下，我的设备必须稍微调整一下。我需要某种机械装置来替代。当我读懂你的心思时，我明白我将不得不参与你们独特的物物交换的经济体系。总之，货币或金银券将是必需的。因此，我暂时可能会是一个占星师。"

"的确，的确。"凯尔文说，"为什么不简单点儿，直接抢劫？如果你是一个机器人，可以用你灵活迅捷的装置来制造一个超级大案。"

"这会引起注意，我需要保密。事实上，我……"机器人停顿了一下，在凯尔文的大脑词库里搜索一番后，接着说，"在潜逃。在我所处的时代，时空旅行是被严格禁止的，即使是意外也不行。只有由政府发起的才行。"

凯尔文想，这其中一定有什么矛盾，但他无法完全厘清。他目不转睛地看着机器人。它的话听上去很没有说服力。

"你需要什么证据？"这个生物问道，"你一进来我就读懂了你的心思。我取出你脑中的知识然后重新放进去时，你一定感觉到了暂时性失忆。"

"确实如此。"凯尔文说，他谨慎地后退了一步，"呃，我想我该离开了。"

"等一下，"机器人命令道，"看来你开始怀疑我了。显然你现在后悔建议我去抢劫了，你担心我会按你的建议行事。不过，我向你保证，我不会伤害你。没错，我可以拿走你的钱，然后杀了你灭口，但我不能杀人类。我们可以物物交换。我可以给你一些有价值的东西，换一点儿你的黄金。让我看看。"

它快速扫视一圈帐篷，然后目光犀利地盯着凯尔文看了一会儿。"这里的占星术，"机器人说，"据称可以帮助你获得健康、名誉和财富。不过，占星术不适合我。我只能提供一种合乎逻辑的科学方法来达到同样的效果。"

"嗯哼，"凯尔文怀疑地说，"多少钱？你自己为什么不用那种方法？"

"我还有别的目的。"机器人神秘地说，"这个拿去。"金属箱上的一块嵌板打开了，机器人从里面取出一个扁平的小盒子递给凯尔文。凯尔文不假思索地接过这个冰冷的金属盒子。

"要小心。不要按那个按钮，除非……"

可凯尔文已经按上去了。

他觉得自己正驾驶一辆失控的汽车。他的大脑中好像还有一个人，正开着一辆"精神分裂"的双轨机车狂奔，他的手似乎还按在油门上，一刻也不让它减速。显然，凯尔文精神的方向盘已经断了。

有人在替他思考。

不完全是人类。以凯尔文的标准来看，这个人可能心智不太健全。他自认心智非常成熟，脑子非常聪明，毕竟他在幼儿园时就掌握了最复杂的非欧几里得几何原理。

感官传过来的信息，在大脑中合成了一种共同的语言，一种主宰者的语言。一部分是听觉，一部分是图像，还有嗅觉、味觉和触觉，有时是熟悉的，有时是完全陌生的，特别混乱，类似于——

"这一季大蜥蜴太多了——但驯服的三个人都没盯着木卫四——假期很快——最好是银河系——太阳系幽闭恐惧症——明天如果出现方形根状突起和上升的——"

这仅仅是词语和符号的组合，但每一个都很详细，而且非常可怕。幸运的是，条件反射几乎立刻使凯尔文把手指从按钮上移开。他一动不动地站着，微微颤抖。

他现在很害怕。

机器人说："没有我的指示，你不应该开始这种关联。现在会有危险，等等！"机器人的眼睛变了颜色。"是的……有……萨恩，是的。当心萨恩。"

"我不想卷进去，"凯尔文马上说道，"给，把这东西拿回去。"

"那你就没法对付萨恩了。留着这个装置，正如我所承诺的，它将比占星术更能保证你的健康、名誉和财富。"

"不，谢谢。我不知道你是怎么做到的，也许是通过亚音速移动，但我不……"

"冷静点儿。"机器人说，"你按下那个按钮，就会进入一个遥远未来的人的大脑。它创造了一种短暂的关联。只要你按下按钮，就能实现那种关联。"

"天哪，难以置信！"凯尔文说。他浑身都在冒汗。

"你想想看，假如远古的穴居人能进入你的大脑，会发生什么？他可以得到想要的任何东西。"

不管怎样，现在最重要的似乎是找到一个合乎逻辑的理由来驳斥机器人的论点。但凯尔文觉得头昏眼花。他的头痛得更厉害了，他怀疑自己喝多了。

最后他只是幽幽地说道："一个穴居人怎么能理解我脑子里的东西呢？如果没有和我一样的条件，他就不能运用这些知识。"

"你有没有突然产生过明显不合逻辑的想法或冲动呢？就像被迫去想一些特定的事情，计算出特定的数字，解决特定的问题？好啦，我的设备关联上的那个未来男人不知道他和你之间的关联，凯尔文。但他很容易冲动。你在用这个装置之前，要将全部精力集中在一个问题上，然后才能按下按钮。在这种关联下，你会被迫且不合逻辑地从他的角度去解决那个问题。你要读懂他的大脑。你会发现这个装置确实有效，当然也会发现它有局限性。该装置将确保你的健康、财富和名誉。"

"如果真是这样的话，那就不会有任何局限，我可以做任何事。所以我才不买！"

"我说的局限性，是一旦你成功地获得了健康、名誉和财富，这个设备就会失灵。我已经设置好了。但与此同时，你可以通过利用未来更聪明的生物的大脑，来解决你所有的问题。重要的是，按下按钮之前要将精力集中在你要解决的问题上，否则一路上你可能会遇到不止一个萨恩。"

"萨恩？是什么？"

"我想是一个……一个人形机器人。"机器人茫然地说，"一个人造人……还是考虑一下我自己的问题吧，我需要一些金子。"

凯尔文突然感到如释重负。他说："这就是问题所在，我没有金子。"

"你的手表。"

凯尔文猛地一拉手臂，他的手表露出来了。"哦，不，这只表很贵。"

"我只需要镀金部分就行了。"机器人说着，眼睛里射出一道红色的光，"谢谢你！"手表现在变成了暗淡的灰色。

"嘿！"凯尔文大喊道。

机器人立马接话道："如果你使用这种关联装置，你的健康、名誉和财富都会得到保障，你会很幸福。它会解决你所有的问题，包括萨恩。等一下。"这个生物后退了一步，

消失在一条悬挂着的地毯后面。

一片静寂。

凯尔文看了看他那变了样的手表，又看了看掌心里那个扁平而神秘的物体。这个小东西长和宽约5厘米，还没有女人的粉底盒厚，侧面有一个凹下去的按钮。

他把它放进口袋，向前走了几步。他看了看地毯的后面，那里除了帆布墙上的一道裂缝，什么也没有。看来那个机器人逃走了。凯尔文透过缝隙向外张望：海洋公园游乐场里灯光闪烁，太平洋上的银色波涛涌向海崖，崖壁上的星星灯火依稀勾勒出马里布市的轮廓。

他走回原地，环顾四周。一个穿着占星术士服的胖男人躺在机器人所指的箱子后面，昏迷不醒。这人的呼吸表明他喝醉了。

凯尔文不知道还能做些什么，他突然发现自己在想一个叫萨恩的人形机器人。

占星术……时空……关联……不可能！怀疑像装甲板一样围起他的大脑。他知道，目前还无法制造出有生命的机器人。可那个机器人知道他是一名记者，不是吗？

他当然是。

他需要吵闹声，想要有人做伴。于是他来到射击场，撂倒了几只鸭子。那个扁平的盒子似乎在他口袋里燃烧。他那磨得发亮的金属手表在他的记忆中燃烧。那段从肺部往外排水的回忆在他的大脑中燃烧。不久，酒也在他的胃里燃烧。

因为恼人的鼻窦炎反复发作，他离开了芝加哥。他得的只是普通的鼻窦炎，而不是精神分裂症或妄想症。那东西并不是真正的机器人。这一切都有一个非常自然的解释。哦，当然！

健康、名誉和财富。如果——

萨恩！

这个念头像晴天霹雳一样在他脑袋里轰然炸开。

他接着想到：我要疯了。

一个细细的声音开始一遍又一遍地喃喃自语。

"萨恩——萨恩——萨恩——萨恩——"

脑子里有另一个理智而安全的声音回应了它，并淹没了它。凯尔文低声道："我是詹姆斯·诺尔·凯尔文。我是一个记者，平时做做专题报道，跑跑腿，改改稿件。我今年三十岁，未婚，今天来到洛杉矶，把行李弄丢了。我想再喝一杯，然后找个旅馆。不管怎样，这里的气候似乎缓解了我的鼻窦炎。"

萨恩，脑中声音低沉得几乎听不到了。萨恩，萨恩。

萨恩。

他又要了一杯酒，并伸手从口袋里掏出一枚硬币。他的手碰到了那个扁平的金属盒。与此同时，他感觉有什么东西轻轻压在了肩上。

他本能地环顾四周，没有人。但他感觉那是一只有七根手指、像蜘蛛一样紧绷的手，没有汗毛，没有指甲，白得像光滑的象牙。

凯尔文的脑海涌出一股强烈的愿望——想和那只恶心的手的主人保持最大距离。这一需求至关重要，却很难实现，这个问题占据了凯尔文的整个大脑。他模模糊糊地意识到，他正攥着口袋里那只扁平的盒子，好像这样就能得救。但此时他满脑子想的却是：我必须离开这里。

记忆正在褪去。那只手仍压在他的肩膀上。他牢牢抓住那些正在消失的念头，拼命使自己的大脑和肌肉沿着未来人所设想的不可能的方向运动。

他仍待在户外，寒冷的夜风吹打着他。他身后的人行道上什么都没有。

他突然坐了下来。

在好莱坞大道和卡亨加大道的拐角处，一个又黑又瘦的男人坐在路边，路人并不会感到惊讶。只有一个女人注意到了凯尔文的到来，不过她径直回家了。

凯尔文歇斯底里地轻声笑起来。"瞬移，"他说，"我是怎么做到的？刚刚才发生过的事我就记不太清了？我又要开始带笔记本了。"

"但是萨恩呢？"他惊恐地环顾四周。半个小时过去了，没有出现新的奇迹，他放下心来。凯尔文沿着林荫大道走着，时刻保持警惕，但没发现萨恩。

他不时把手伸进口袋，摸一下冰冷的金属盒子。健康、财富和名誉。为什么，他可以……

但他没有按下按钮。他对那种令人震惊的、陌生的迷失感记忆犹新。在遥远的未来，人的思维、经历和行为模式都令人极度不安。

他会再用那个小盒子，但他并不着急。首先，他得弄清楚几个问题，直到自己的怀疑完全消失为止。

第二天晚上，萨恩出现了，把凯尔文吓得魂飞魄散。在此之前，这位记者丢了行李，庆幸钱包里还有200美元。他在一家中档酒店预订了一个房间，然后开始考虑如何建立与未来的关联。他很明智地决定，只要不再出现意外情况，就继续过正常的生活。他试着读《泰晤士报》《观察家报》《新闻报》和其他一些报纸。但这样的时间实在太难熬，可不像电影里说得那般美好。那天晚上，凯尔文正待在酒店房间，不速之客便出现了。

没错，正是萨恩。

他戴着一个很大的白头巾，约有他脑袋的两倍大。他留着两撇整齐的八字胡，嘴角两边垂下的打蜡胡须就像鳜鱼或鲶鱼的须子。他从浴室的镜子里急切地盯着凯尔文。

凯尔文一直在想出去吃饭前要不要刮胡子。萨恩出现时，他正若有所思地揉着下巴，在"发生"和"感知"之间存在一种可察觉的心理滞后，所以对凯尔文来说，他以为自己突然长出了一撮长胡子。他伸手去摸上唇，光溜溜的，但当萨恩把脸贴在镜面上时，镜子里那打了蜡的胡须抖动起来。

凯尔文震惊地看着镜子，大脑一片混乱，完全无法思考。他迅速后退了一步，膝盖碰到了浴缸边缘，他一下回过神来，幸好他头脑还清醒。当他再看时，只有他自己惊恐的脸映在脸盆上。但过了一两秒钟，他的脸上似乎又冒出一团白头巾，鳜鱼须似的胡须开始隐约出现在嘴角。

凯尔文用一只手捂住眼睛，转过身去。大约十五秒后，他张开手指，朝镜子里瞥了一眼。他用手掌拼命压住上嘴唇，希望胡子不要突然长出来。从镜子里窥视他的东西看起来很像他自己。他冒险把手从眼睛上抽开，匆匆看了一眼，然后又拍了一下镜子，这样似乎能阻止萨恩在镜子里显形。

他捂着脸，摇摇晃晃地走进卧室，从外衣口袋里拿出那只扁平的盒子。但他没有按下按钮，没有重新开启两个不协调的时代之间的精神连接。他意识到自己不想再那样做了。不管怎样，重新进入那个未来人的大脑，比现在发生的事情更为可怕。

他站在衣柜前，对着镜子。镜中手指间有一只眼睛望向他。这只眼睛躲在闪亮的眼镜片后面，射出狂野的光芒，但似乎是他自己的眼睛。他试探着把手拿开……

萨恩的身影在这面镜子里蔓延开来。凯尔文希望这不是真的。萨恩穿着闪闪发光的塑料做的及膝长靴。除了腰间的一小块闪闪发光的塑料布，在靴子与头巾之间，他什么都没穿。萨恩非常瘦，但看起来相当敏捷，能够径直冲进旅馆房间。他的皮肤比头巾还白，两只手各有七根手指。

凯尔文突然转身，但萨恩足智多谋。黑暗的窗户足以反射出一个腰间穿着塑料布的瘦削身影。他的脚赤裸着，比他的手还不正常。锃亮的黄铜灯座映出一张小小的、扭曲的脸，那不是凯尔文自己的脸。

凯尔文找到一个没有反射面的角落钻了进去，用手遮住脸。他仍然攥着那只扁平的盒子。

哦，好吧，他痛苦地想。每件事都是它牵扯出来的。如果萨恩每天都出现，这个制造关联的小玩意儿对我有什么好处？也许只会让我发疯。我倒希望如此。

若不想用双手捂着脸度过余生，凯尔文就必须采取行动。最糟糕的是，萨恩那张熟悉的脸总是阴魂不散。

他透过手指缝往外看去，正好看到萨恩举起一个圆柱形的小玩意，像拿枪一样瞄准了他。这个手势迫使凯尔文下定决心。他必须做点儿什么，而且要快。我要出去！他想。为了集中精力解决这个问题，他按下了扁平盒子上的按钮。

他瞬间想起了已经忘记的瞬移法。然而，其他问题却模糊不清。有些气味——有人正在思索——大脑把它们合成了一种难以用语言形容的东西，只能说是一个令人震惊的"视觉—听觉"概念，简直让人头晕目眩。一个名叫"三百九十万粉色"的人写了一部新的平面小说。还有舔一张24美元的邮票并把它贴在明信片上的生理感觉。

不过，最重要的是，那个未来人已经或将会产生一种思考瞬移方法的冲动，当凯尔文迅速回到他自己的思想和时代时，他立即使用了这种方法。

他在降落。

冰冷的海水重重地拍打在他身上。他居然还紧攥着扁平盒子，简直就是奇迹。他仿佛看到夜空中的星星在旋转，漆黑的海面上闪着粼粼银光。接着，海水刺痛了他的鼻腔。

凯尔文从未学过游泳。

最后一次往下坠时，他发出了一声尖叫，他真的抓住了他的救命稻草。他的手指又按下了按钮。他本没有必要把注意力集中在这个问题上，可他想不出别的。

混乱的心理，奇异的画面和答案。

这需要集中精力，而且剩下的时间不多了。泡沫从他脸上滑下来。他能感觉到它们，却看不到。冰冷的海水从四面八方急切地涌过来……

但他现在确实知道这个方法，也知道它是如何运作的。他在未来思维的指引下思考着。有情况！辐射，这个最熟悉的术语从他的大脑中涌出，对他的肺部组织产生了奇特的影响。他的血细胞自行适应了。

他呼吸着水，水不再使他窒息。

但凯尔文也知道，这种紧急适应不可能维持很长时间。最好的选择还是瞬移。现在他肯定能想起这个方法。就在几分钟前，他通过瞬移逃离了萨恩。

可是他想不起来了，这段记忆在他的脑海中完全消失了。所以没有别的办法，他只能再按一次按钮。于是，凯尔文很不情愿地按了一下。

他浑身湿淋淋地站在一条陌生的街道上。这不是他所熟悉的街道，但显然是在他自己的时代，在他自己的星球上。幸运的是，瞬移似乎有局限性。风冰冷刺骨。凯尔文站在一个水坑里，水坑在他的脚下迅速扩大。

他环顾四周，看到街上有一个提供沐浴的酒店，于是拖着湿漉漉的身体朝那个方向走去。他的想法大都非常世俗……

他偏偏是在新奥尔良。很快他就喝醉了。他的思绪一直在兜圈子，而苏格兰威士忌是一种很好的缓和剂，一种绝佳的制动器。他需要再次控制局面。他似乎拥有一种超自然的力量，他希望能在意外再次发生前有效地利用它。

他坐在酒店房间里痛饮苏格兰威士忌，然后打了个喷嚏。

他自己的思想和未来人类的思想之间联系点太少。而且，他只有在危机时刻才能与其关联。就像每天只能在亚历山大图书馆待5秒钟。在5秒钟内，你甚至无法开始转移。

健康、名誉和财富。他又打了个喷嚏。那个机器人是个骗子。他的健康状况似乎每况愈下。那个机器人怎么样了？他到底是怎么卷进来的？他说自己是从未来掉进这个时代的，但机器人都是出了名的骗子。

显然，生活在未来的生物与电影《弗兰肯斯坦》中的角色没什么不同。人形机器人、机器人、所谓的人类，他们的思想如此不同……

机器人曾表示，在凯尔文获得健康、名誉和财富后，那个盒子将会失灵。这太令人沮丧了。假如他实现了那些令人羡慕的目标，就会发现这个小按钮毫无用处，然后萨恩出现了，会怎么样？哦，不。这就需要再发射一次。

在处理一件如此疯狂的事情时，还能保持冷静，这是不可能的，尽管凯尔文知道，他偶然发现的科学在理论上是完全可能的，但不是今时今日。

诀窍是找出正确的问题，并在某些时候（当你没有溺水或没有被长须机器人用他的七根手指和危险的杆状武器威胁的时候）使用那个盒子，发现问题所在。

但这种对未来的想法是可怕的。

在半醉半醒间，凯尔文突然意识到他被那个模糊黑暗的未来世界深深吸引了。

他看不出它完整的样子了，但不知怎的，他感觉到了。他知道它是真实的，是一个比现在好得多的世界和时代。如果他是生活在那里的那个陌生人，一切都会好起来。

人最需要的一定是爱，他苦笑着想。

窗外的街灯忽明忽暗。霓虹灯在黑夜中映现出精灵的语言。它看起来很陌生，但凯尔文的身体也是如此。他开始大笑，但一个喷嚏阻断了他的笑声。

他想：我想要的就是健康、名誉和财富。然后我会安定下来，从此无忧无虑地过着幸福的生活。之后，我就不需要这个魔法盒子了。那真是个幸福的结局。

他一时冲动，拿出盒子仔细看了看。他试图撬开它，但失败了。他的手指停在按钮上面。"我怎么能……"他想着，手指微微动了一下。

现在他喝醉了，一切都不那么陌生了。那个未来人的名字是夸拉·维。奇怪的是，他以前从来没有意识到这一点，但一个人多久会想起一次自己的名字呢？夸拉·维正在玩某种游戏，有点儿像国际象棋，但他的对手在遥远的天狼星上。这些棋子凯尔文都不熟悉。当凯尔文倾听时，复杂而令人眼花缭乱的时空策略在夸拉·维的脑海中闪过。然后，凯尔文的问题突然挤进去。

其实只有两个问题：如何治疗鼻炎，以及如何在一个对夸拉·维而言的真正的史前时代变得健康、富有和出名。

不过，对夸拉·维来说，这两个问题小菜一碟。他解决了这个问题，继续和天狼星上的对手玩他的游戏。

凯尔文回到了新奥尔良的酒店房间。

他喝得烂醉如泥，否则就不会冒险了。这个方法需要他用自己的大脑在遥远未来的另一个大脑中思考，而那个大脑恰好有他所需要的波长。各种各样的因素都会累积成那种波长的总和。经验、机会、地位、知识、想象力、诚实，其中有三个总和全都合适，但他犹豫了一下，最后选中一个。不过，从小数点后三位来看，其中一个更准确。凯尔文仍然醉醺醺的，他紧紧抓住一道精神光束，启动瞬移，并乘着光束穿过美国，来到一个设备精良的实验室，一个男人正坐在那里看书。

那个男人是光头，还留着一撮浓密的红胡子。听到凯尔文发出的声音，他警觉地抬起头来。

"嘿！"他说，"你是怎么进来的？"

"问问夸拉·维。"凯尔文说。

"谁？什么？"那人放下了他的书。

凯尔文唤醒了他的记忆。它似乎在悄悄溜走。他利用这片刻间的关联，让自己的头脑重新清醒。这次也没那么不愉快了。他开始对夸拉·维的世界有了一点儿了解。他喜欢这样。然而，他想他也会忘记这点。

"这是对伍德沃德的蛋白质类似物的一种改进，"他告诉那个红胡子男人，"简单的合成就能搞定。"

"你到底是谁？"

"叫我吉姆，"凯尔文脱口道，"闭上嘴，听我说。"他开始解释，就像对一个愚蠢的小孩子解释一样（他面前这个男人是美国最优秀的化学家之一），"蛋白质由氨基酸组成。大约有33种氨基酸……"

"没有33种。"

"有。它们的分子有很多种排列方式。所以我们得到的蛋白质种类几乎数不胜数。一切生物都是蛋白质形式。绝对合成涉及氨基酸链，这条链的长度长到足以清楚地被识别为蛋白质分子，而这就是问题所在。"

红胡子男人似乎很感兴趣。

"费歇尔①合成了一串由18个氨基酸组成的链条，"他眨着眼睛说，"阿布德哈尔登②增加到19个，而伍德沃德③则组合出了一万单位长的链条，但至于测试……"

　　"完整的蛋白质分子由一系列完整的序列组成。但如果你只能测试一种相似化合物的一两个部分，你就不能确定其他部分。等一下。"凯尔文再次使用了关联盒子，"现在我知道了。你几乎可以用合成的蛋白质制造出任何东西。丝绸、羊毛、头发，但最主要的东西，当然，"他说着打了个喷嚏，"是治疗鼻炎的药物。"

　　"现在看……"红胡子男人说。

　　"有些病毒不就是氨基酸链吗？那就改变它们的结构，让它们变得无害。细菌也是，可以合成抗生素。"

　　"我希望我能。不过，先生……"

　　"叫我吉姆就行。"

　　"好。不过，这一切都不足为奇。"

--------

①埃米尔·费歇尔（Emil Fischer，1852—1919）：19世纪的德国化学巨匠。他发现了苯肼，对糖类、嘌呤类有机化合物的研究取得了突出的成就。1902年获得诺贝尔化学奖。
②埃米尔·阿布德哈尔登（Emil Abderhalden，1877—1950）：瑞士生化学家和生理学家，生前制成了含有19个氨基酸的肽。
③罗伯特·伯恩斯·伍德沃德（Robert Burns Woodward，1917—1979）：美国有机化学家，现代有机合成之父，对现代有机合成做出了相当大的贡献，尤其是在合成和具有复杂结构的天然有机分子结构阐明方面。1965年获得诺贝尔化学奖。

"拿好你的铅笔，"凯尔文说，"我接下来会不间断地往下说，时有重复。合成与测试的方法如下……"

他解释得非常清楚、透彻。他只用了两次关联盒子。他讲完后，那个红胡子男人放下手中的铅笔盯着他。

"这太不可思议了，"他说，"如果它可行……"

"我想要健康、名誉和财富，"凯尔文固执地说，"它会成功的。"

"好的，但是，我的朋友……"

可凯尔文毫不退让。红胡子男人对他的诚信、对这个机遇反复权衡，幸运的是，最后这位化学家同意与凯尔文签署合作文件。这一合作的商业价值是不可估量的。杜邦（Dupont）或通用汽车（GM）会很乐意收购它。

"我想要很多钱，一大笔钱。"

"你会得到一百万美元。"红胡子男人耐心地说。

"那我要一张借据，一定要白纸黑字写下来。除非你现在就把我的一百万给我。"

这位化学家皱着眉，摇了摇头。"我不能那样做。我要进行测试，公开谈判。但不要担心，你的发现价值连城，你也会出名的。"

"还有健康呢？"

"过段时间就不会再有疾病了。"化学家平静地说，"那才是真正的奇迹。"

"把它写下来。"凯尔文嚷道。

“没问题，我们明天就可以起草合作协议了，现在可以先签一份临时协议。明白吗，真正的荣誉属于你。”

“必须用墨水笔签，铅笔不行。”

“那你等一下。”红胡子男人说完就去找墨水了。凯尔文环视了一下实验室，高兴地笑了。

萨恩突然出现了，就在离他一米开外的地方。萨恩举起了棍棒武器。

凯尔文立即使用关联盒子。然后他朝萨恩竖起鼻子，把自己瞬移到很远的地方。

他转眼就来到某处玉米地里，但凯尔文不想要未被蒸煮的玉米。他又试了一次关联盒子，这次他到了西雅图。

这是凯尔文为期两周的大狂欢和追逐赛的开始。

他对自己的想法并不满意。

他酩酊大醉，口袋里揣着十美分和一张逾期未付的旅馆账单。在过去的两周里，他一直通过瞬移领先萨恩一步，这已经让他的神经极度疲劳，以至于只有酒精才能让他继续前进。现在，就连酒精的刺激也没用了，他成了一具毫无感觉的躯壳。

凯尔文呻吟着，痛苦地眨着眼睛。他摘下眼镜擦了擦，但还是没有用。

简直就是傻瓜！

他甚至不知道那个化学家的名字！

健康、财富和名誉就在眼前等着他，可那是怎样的眼前呢？也许有一天，当新蛋白质合成的消息公布时，他就会知道，可那是什么时候呢？与此同时，萨恩怎么办？

而且，化学家也找不到他。那人只知道凯尔文叫吉姆。这在当时似乎是个好主意，但现在看来可不是。

凯尔文拿出那个关联盒子，用布满红血丝的眼睛盯着看。呃，夸拉·维？他现在很喜欢夸拉·维。麻烦的是，在和他关联半小时后，他往往就会忘记所有细节。

他这次按下按钮时，萨恩几乎同时突然出现在几米外。

瞬移又出现了偏差。他正坐在一片沙漠中央。映入眼帘的只有仙人掌和约书亚树①。远处还有一道紫色的山脉。

不过，没有萨恩。

凯尔文开始感到口渴。如果这个盒子现在就失灵了呢？噢，不能再这样下去了。一个迟疑了一周的决定最终形成了一个如此明显的结论，他真想踢自己一脚。再明显不过了！

他为什么一开始没有想到呢？

他把注意力集中在这个问题上：我怎样才能摆脱萨恩？他按下了按钮……

片刻之后，他知道了答案。这真的很简单。

那种咄咄逼人的紧迫感突然消失了。似乎释放了一种新的思路，一切都变得非常清楚了。

---

①约书亚树：学名为短叶丝兰，是百合科丝兰属的单子叶植物，大多生长在美国西南部的莫哈维沙漠地区。

他等待着萨恩。

他没有等太久。一道微光在空中亮起，伴随着一阵颤动，那个裹着头巾的苍白身影突然真切地出现在他的眼前。棍棒武器正蓄势待发。

为了不冒险，凯尔文再次提出了他的问题，按下按钮，并立即确定了方法。他只是用一种非常独特的方式思考，就像夸拉·维所说的那样。

萨恩被甩出了老远。他发出一声尖叫，嘴上的胡子往两边飞。

"不！"这个人形机器人大喊道，"我一直在试图……"

凯尔文更加专注地思考。他感觉到的精神能量正涌向机器人。

萨恩声音嘶哑地说："试图……你没有给我机会……"

然后，萨恩一动不动地躺在灼热的沙滩上，茫然地望着上空。有七根手指的手抽搐了一下，然后就一动不动了。这个人造生命消失了。它不会回来了。

凯尔文转过身，打了个寒战，长长地吸了口气。他是安全的。除了一个想法、一个问题之外，他对其他所有的想法、所有的问题都不再关注。

我怎样才能找到那个红胡子男人？

他按下了按钮。


故事就是这样开始的：

夸拉·维和他的人形机器人萨恩坐在时空穿梭器中，确保一切都在控制之中。

"我看起来怎么样？"他问道。

"你会通过的。"萨恩说，"在你将要进入的时代，没有人会怀疑你。合成设备的时间并不长。"

"不长。衣服……我想，这看起来已经很像真正的羊毛和亚麻。手表、金钱，一切井井有条。手表是不是很奇怪？想象一下，那时的人们需要机器来报时！"

"别忘了眼镜。"萨恩说。

夸拉·维戴上了眼镜。"啊。但我想……"

"这样会更安全。镜片的光学特性是一种防护，你可能需要它来抵御危险的精神辐射。不要摘下它，否则机器人可能会耍花招。"

"他最好不要。"夸拉·维说，"那个失控的机器人！我想知道他到底在干什么？他总是心怀不满，但至少他明白自己的身份。我不应该把它制造出来。如果我们不抓住他，谁知道他会在那个半史前的世界里干出什么事来！"

"他在那个占星室里。"萨恩说着把身体探出了时空穿梭器，"他刚到。你得让他措手不及。你也需要保持头脑清醒，尽量不要再陷入你曾经经历过的那些冲动里。它们可能很危险。一旦抓住机会，那个机器人会使用他的一些能力。我不知道他自己开发了什么能力，但我知道他已经是催眠和清除记忆的专家了。如果你不小心，他会打断你的记忆轨迹，给你换一个错误的大脑模式。把眼镜戴上。万一出了什么问题，我就用恢复射线照射你，好吗？"他举起一个杆状的小投影仪。

夸拉·维点点头。

"别担心。我会在你预定的时间之前回来的。我和那个天狼星上的对手约好了，今晚要结束我们的游戏。"

这是一个他从未遵守的约定。

夸拉·维走出时空穿梭器，沿着木板路向那顶帐篷走去。他穿的衣服有点儿紧，很不舒服，磨得皮肤难受。他在里面扭动了一下。他来到了帐篷前，这顶帐篷上还画着招牌。

他掀开帆布帘子，一根没挂好的绳子甩在了他的脸上，把眼镜撞歪了。同时，一道明亮的蓝光射中了他暴露在外的眼睛。伴随着一种奇怪的、迷失了方向的剧烈眩晕，他的身体感受到了一种几乎是瞬间消失般的晃动。

机器人说："你是詹姆斯·凯尔文。"

（耿丽 译）

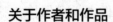
**关于作者和作品**

亨利·库特纳（Henry Kuttner，1915—1958）是美国科幻、奇幻和恐怖小说作家。其创作特点是以洛夫克拉夫特、罗伯特·布洛克的创作以及神智学、神秘学为核心，构建出完全属于自己的克苏鲁神话。他的作品深刻影响了玛丽恩·布拉德蕾、罗杰·泽拉兹尼、雷·布拉德伯里等美国著名科幻、奇幻小说作家。雷·布拉德伯里甚至将库特纳称为一个被忽视的大师和充满启发性的作家。《幸福的结局》是他于1948年创作的短篇科幻小说。

小说以倒叙的方式进行。故事开头，主人公詹姆斯·凯尔文按下一个小装置（关联盒子）上的按钮，然后和一个留着红胡子的科学家一起瞬移到实验室。科学家告诉他，他现在是百万富翁。装置完成了它的任务后，不再起作用了。凯尔文从此过上了幸福的生活。

然后，故事切换到较早的时间点。一个男人遇到了一个来自未来的机器人。机器人说男人叫詹姆斯·凯尔文，并表示虽然无法为凯尔文提供占星服务，但可以为他提供获得健康、名誉和财富的方法。凯尔文收到一个带有按钮的小装置，即关联盒子。他每按一次按钮，随后就暂时进入某个未来人的思想，读取那个人的思想，获得他的能力。但是机器人警告他当心萨恩。之后，萨恩这个名字一直在他脑海中浮现。那天晚上，萨恩出现在他面前。为了逃跑，凯尔文按下按钮并瞬移到了海水中。不会游泳、疯狂求生的他再次按下按钮，这让他能够在水下呼吸。为了逃离海水，他又一次按下按钮，在醉酒状态下瞬移到了新奥尔良。接着，他又按下按钮，被传送到实验室。在那里，他遇到了一个留着红胡子的秃头男人。他开始与红胡子男人就蛋白质和氨基酸进行科学对话，其中的想法是从未来科学家夸拉·维的脑海中窃取的。他提出了治疗鼻炎的绝妙药方，这可以让他赚到数百万美元。但萨恩的再次出现迫使凯尔文又一次按下按钮。他来到一片玉米地里，然后决定杀死萨恩。片刻之后，萨恩出现了，当凯尔文按下按钮时，他获得了精神能量，终于摧毁了萨恩。

最后，故事切换到更早的时间点。夸拉·维和他的人形机器人萨恩坐在时空穿梭器中，正准备回到过去，带回一个危险的失控的机器人。夸拉·维走出时空穿梭器后，走进一顶帐篷，同样是占星室。当他进入时，意外发生了，本应保护他不被人篡改记忆的眼镜被打碎了。机器人抹去了他的真实身份，并告诉他，他是詹姆斯·凯尔文。

瞬移、时空穿梭、窃取思想、科学探讨、记忆清除……这些元素使得这篇小说的科幻味十足，让读者大呼过瘾的同时，又感到身陷迷宫。科学家、人形机器人、占星师、渴望健康和名利的主人公，各个角色在变动不居的时空中互相切换，让人有点儿应接不暇，颇有波谲云诡之感。《幸福的结局》无疑是一篇手法独特、描写细腻、难以定义且充满趣味的科幻小说。

# 百万个明天

秦萤亮

有时候，生活的巨变是无声来临的。要过很久很久，你才明白那是什么意思。

从小学一年级起，我养成了写日记的习惯。我的日记跟别的女孩不一样，里面全是新闻剪报、画、各种线路图、说明书。如果有一天，我会失去一切，那么我希望日记还在我身边。

对我来说，一切都是从六岁生日那天开始的。上学以后，我把那天重新回忆了一遍，写进了日记。我不敢保证我都写对了，毕竟那时我还小。

那是个炎热的傍晚，夏天已经到了尾声，窗外是玫瑰红的黄昏。那天没人带我去动物园，爸爸回来得很晚，他说他有件礼物要给我，还有一个消息。他两手空空地坐在我对面，先说了那个消息。

"我要离开你和妈妈，离开这个家一年，为了一项很重要的研究工作。"

"不！"我情不自禁地说。在那时的我看来，一年太漫长了，再说，我没法想象这个家没了爸爸是怎样的。

爸爸跟我谈话的时候，妈妈一直坐在厨房里。烹调机里，晚饭早已准备好了，我闻到了香味，但她就是不出来。

"爸爸必须得走，这项工作非常重要，我是科学家，你知道。"

我点点头，这是我一直引以为荣的事情。

"爸爸不会让你感到孤单的，我会给你一件最好的礼物，他就在门外。"

大门上的指纹锁弹开了。一个男人走了进来，他也是我爸爸，手里拎着一个生日蛋糕。噢，天哪，我以为自己在做梦。他走到爸爸身边坐下来，两个人肩并肩地坐在我面前。

进来的这个男人穿着肘部带圆形皮革的棕黄色灯芯绒外套，这件外套我再熟悉不过。每当我在车上睡着了，爸爸就脱下这件外套盖在我身上；在植物园里下起雨来，爸爸用这件外套给我挡雨。有时我依偎在爸爸怀里，深深嗅闻外套，觉得比妈妈的香水味更好闻。那上面有灯芯绒本身温暖干燥的气味，还有须后水的清香味，也有汽车里的味道，我闻了就昏昏欲睡。如果仔细辨认，会发现其中还混杂着一丝花生酱巧克力饼干的气味。爸爸有时喜欢烘焙点心，他做得比妈妈好得多。我从没想到，这件衣服在世界上还会有第二件。

"所以，你看，我还在你身边。"

后进来的这个爸爸说。

那天的事就是这样。晚上我们四个人吃了生日蛋糕，妈妈始终没怎么说话，只是轮番盯着他们俩看来看去，像要把他们的脸盯出个洞。新来的爸爸住在给客人准备的卧房里。第二天早晨，其中一个爸爸就开着他的飞行车走了，再也没回来。但是家里还有一个爸爸。老实说，一开始我根本分不清他们两个。后来我弄清了，我熟悉的那个爸爸开朗又亲切，留下来的爸爸则有点儿别扭。不过，现在对我来说，他也是独一无二的，什么都代替不了。

机器人家庭成员进入人类生活的新闻是两年之后的事了。我在日记里收集了那些报道，包括那些评论员的文章，还有那些与机器人共同生活的人的口述。很多家庭的生活都因为机器人改变了，有好的，也有坏的。不知怎么，我从来没有想过要把自己家的故事讲给别人听。只有凯文知道这些。但他不是真人，他生活在视听墙上，是我在"儿童时间"里的虚拟朋友。他永远不会对别人讲。

爸爸走后的第一天，我让新来的爸爸送我去儿童公共区。过去我讨厌那儿，可今天不一样，我很紧张，又想炫耀炫耀，有件大事在我家里发生了。我还不完全明白，可是我想让别人知道。

"从三岁开始，你就能自己去公共区了。"

"不行，我非要你送我不可。爸爸说了，你什么都得听我的。"

"你爸爸没有这样说。"

"反正你非得送我不可。"我把衣服上的儿童监视器扯下来，往地上一扔。

新来的爸爸看了看我，又看看监测器，毫无表情。这表示他不高兴了。这个表情过去我在真爸爸的脸上看到过很多次，但那都是他跟妈妈在一起的时候。后来他沉默了一会，同意了。儿童专用路上有各种安全措施、闪烁的指示牌，还有投影动物和卡通人物，他在其中显得非常古怪。他一言不发，走得很快。

"你是怎么认识路的？"我忍不住问。

"我脑子里有三维地图。"

新来的爸爸简短地回答。

快到活动区时，我看见了第一群孩子，他们在玩一只黄白相间的机器小猫。我拉着爸爸的手，走到他们面前。

"我想让你们认识一下，他不是人，是机器人，是我爸爸发明的。他什么都会做。"我指着新来的爸爸一口气说。

"哇！"

"我才不相信！"

"我认识，这就是安的爸爸嘛！"

"你能飞吗？"

"你能变成汽车吗？"

他们围住新来的爸爸，摸他，看他，检查他。新爸爸静静地看着他们。当有人把手伸进他口袋里的时候，新爸爸拒绝了。

"别翻我口袋，这样不礼貌。我是安的爸爸，就跟你们的爸爸一样。"

那天在公共活动区里，所有人都躲着我。无论我想加入哪一群，他们都会一哄而散，跑着离开，然后再重新聚在一起。

"安的爸爸是个机器人。"

"安的爸爸是变形金刚。"

"安的爸爸被机器人杀死了，机器人变成了安的爸爸。"

整个白天，他们一直唱着这样的歌。我晚上是哭着回家的。

那天我学到了一些事：

一是所有的事情都不一样了。

二是别人不可能明白发生在我家的事。

从那以后，我还是自己去公共活动区，身上别着监视器，走儿童专用路。过去爸爸一次又一次向我解释，为了保持"社会性"，所有的学龄前儿童都要定期上那儿去，不管愿不愿意。反正到了那儿，是阅读、学习，还是跟别人玩，全都由我自己决定。回到家，我吃过新爸爸做好的晚饭，就在自己的房间里看订阅的儿童频道。我的虚拟朋友一直是那个"凯文"，他跟我同龄，爱看书，爱发明创造。小朋友们一般都选"森蝶"做虚拟朋友，她长得漂亮，性格也不错。

女孩子喜欢"悌米"，他长得帅。

我爸爸也挺帅。他待人亲切，谁都愿意跟他在一起。但新爸爸没有这样的魅力。他俩看上去一模一样，可新爸爸就是少了一些说不上来的东西。

慢慢习惯他，是挺久之后的事了，但妈妈一直没习惯。她脸上总是苍白又紧张，好像新爸爸是件复杂又危险的家用电器。其实新爸爸每天购物，做家务，修理坏掉的东西，驾驶飞行车，一点儿不用她操心。他用烹调机也比妈妈用得好，也会烤花生酱巧克力饼干，唯一不能做的事情是去爸爸的研究所上班。

"你爸爸是个了不起的人。人的创造力是无法预设的，我只是个替代品，做不了他的工作。其实，任何需要创造力的事情我都做不了。"

新爸爸坦白地说。

对他这番话，我不全懂。爸爸的工作也许很了不起，但新爸爸也一样了不起。他修理妈妈的手机只要三秒钟，动作快得看不清，转眼就把一百多个零件拆下来，一瞬间又重新组装上，我百看不厌。有一天，我让新爸爸这样做了二十回，一直到妈妈从自己的房间冲出来抢过手机。

之后，爸爸带我出去散步。我问他，为什么妈妈讨厌他组装手机？

"这样她更感到我是机器人，我想。"新爸爸沉思道，"你知道，她想念你爸爸。"

我不知道妈妈是否想念爸爸，反正她总把自己锁在房间里。新爸爸说妈妈是位可敬的女士，我不太明白。妈妈是个计算机专家，她通过电脑工作，通过电脑交友，通过电脑旅游。她的房间有时静悄悄，有时人声鼎沸，有时门缝里会冒出热带雨林的迷雾，有时会漫出非洲大地的落日余晖。她的邮件多得要命，家里的邮政通道一天到晚在工作。有时是商品，有时是礼物，有时是些极其奇怪的东西，这些她都不允许我看。我不常见到她，总觉得她是个陌生人。但我也知道，现在是坐在家里连接世界的年代，像妈妈这样的人并不少。

　　新爸爸不一样，他也有电脑，但只在购物的时候用。他从来不加班，也不晚归，每周末都带我去天文馆和博物馆，把时间都用在我身上。可我总是想原来的爸爸，有时想得倒在地上号啕大哭。但不管怎么说，当我哭完了，把我抱起来哄我、安慰我的，总是新爸爸。

　　"你要是没电了怎么办？"我总担心这个。

　　"我身体里有能源块，可以用很久。"

　　但我并不放心。我知道什么能源都是会用完的。海洋、冰川、太阳、星星、宇宙，一切都会。以前爸爸常这么说。

　　那时候我还没叫过他爸爸，他说我不叫也可以。他说话总要经过深思熟虑，他说这是因为他要运算，还要参考爸爸的语言习惯。后来我不相信这些了，我觉得新爸爸就是比原来的爸爸忧郁些。

　　每天晚上，我和新爸爸玩拼图游戏，做数学题，或者让他读书给我听。每当我们拼好一幅图，图画就会变成一场全息电影。新爸爸只要扫一眼，就知道那些碎片应该在什么位置，但他从来不告诉我。洞穴仙境、童话之书、闹鬼的幽灵小镇、荒无人烟的核试验场，随着最后一片拼图落入正确的位置，画面上泛起一阵涟漪和闪光。一瞬间，所有的东西都变立体了，仿佛我们真的置身在那些场景中。我最喜欢的就是这一刻。

做数学题也很有意思。爸爸留下了很多动物给我，都在"数学森林"黑盒子里，有长颈鹿、犀牛、河马、乌龟和青蛙，也都是全息影像。别的孩子还在学习加减法时，我就已经会解方程了。爸爸说我继承了他的数学天赋。现在新爸爸每晚都陪我玩这个，我做对了，动物们会排队跳舞唱歌；做错了，狮子、鳄鱼什么的会出来把动物吃掉，那真有点儿可怕。有一次，我做函数题做错了，出来的是巨蟒，它用三分钟的时间一点点吞掉了羚羊。

我和新爸爸还会一起读故事。我小时候喜欢动物故事，现在喜欢《纳尼亚传奇》《翡翠地图册》和《墨水心》。这些都是老的冒险故事，可是故事这东西就像银茶壶，越擦就越亮。新爸爸说那是因为我长大了，我喜欢听这话。后来我把这些事记在日记里，我想让爸爸知道。

有时我们会通过卫星地图查看地球表面。我总要求看爸爸现在所在的位置，新爸爸就小心地调校坐标。那是非洲的沙漠，烈日下，只有滚滚的黄沙。我总是要求再清楚些，接着沙漠上就会出现一片模糊的建筑物。我想看到爸爸，可是新爸爸说那是类似于美国内华达沙漠51区的地方，是军事禁区，没法再放大了。

"这个地方没有意思，全是沙子。"我气恼地说。

"是的，但是这个地方有最了不起的实验室，有许多像你爸爸一样了不起的科学家。"

社会调查官第一次上门时，我还不到七岁。那个人乘坐的政府的飞行车像只黑色大鸟落在我家草坪上。他是为了新爸爸的事来的。

"很抱歉，我不能跟您谈您自己的事情。"调查官说。

新爸爸点点头，表示理解。他去叫妈妈，妈妈过了挺久才出来。她在毛衣底下穿了条怪裙子，神情恍恍惚惚，眼睛下面有黑圈。社会调查官锐利地看了她一眼。他们谈了一会儿，都是关于机器人的安全性和使用寿命什么的，还有社会管理。

"夫人，这一切都没有先例，我们也在摸索。"

我觉得这对新爸爸真不公平，别人谈论他就像谈论一件东西，可他只是笑笑。

调查官走的时候跟新爸爸握握手，注视着他的脸。

"他真是个卓越的科学家。"调查官说。

"是的。"新爸爸说。

然后调查官看了看站在一边的我，好像想说什么，却什么也没说。

不久，我的七岁生日就到了。他们告诉我，爸爸的工作进展不顺利，他还不能回家。我早就有预感了，可还是哭了很久。现在，爸爸离我很远，好像在几万光年之外一样。我跟自己说，我猜对了，我还要等很久。

新爸爸送了我一件礼物，是个小小的能随身携带的"银月亮"。它只认我，除了我谁也打不开。它能收藏画面、声音、文字、痕迹，能记录一天中最细微的光线变化，这就是我的日记本。新爸爸说我应该把值得记的事情都记下来，以后好给爸爸看。我知道，这就像是爸爸最喜欢的那首老歌：

百万个明天都会来临，
但今天的美永不忘记。

那年秋天，我上学了。学校里的课程太容易，我总在上课时看别的书。老师们对我都挺好，可我没交到什么朋友。

凯文也上学了。他跟我一样，也觉得功课太简单。现在他想学化学，可我对物理感兴趣。"儿童时间"里也有虚拟课堂，后来我们总算商量好，他陪我上两节物理课，我就陪他上一节化学课。

第一条关于家庭机器人的新闻是圣诞节前夕播出的，很简短，只提到研究所，没提爸爸的名字，不知道有多少人像我一样注意到了这条新闻。直到有一天，这个话题一下子铺天盖地，突然之间，所有的人都在谈论机器人，除了我。

第一批机器人进入了十二个被选中的家庭，摄像机天天跟着他们。这个节目收视率最高。有个家庭很悲伤，如果机器人没来，他们都会活不下去；有个妈妈做家务做得都绝望了，要是没有机器人她就会疯掉；有人很寂寞，后来机器人成了他最好的朋友。每个机器人的故事都很精彩，不像我家那么平淡。他们就像在演戏，他们也知道他们是在演戏。可我不是。

　　什么也不做的时候，我和爸爸常常并排躺在客厅的地板上，望着被调成星空的天花板。自从爸爸走后，天花板就总是这样。

　　这星空比窗外的星空要明净璀璨得多。星星的位置跟北半球的不大一样，因为这是非洲的夜空。背景音效中还有隐隐的狮吼声，我闭上眼睛，想象脸上吹来的是炎热、带着狮子气味的风。

　　我和凯文一起看了《百万个明天》这本书，这本书是爸爸写的。当然，是我真的爸爸。那里面说，机器人会带来一百万种未来，也会带来一百万个问题，包括社会的、家庭的、心理的。我从书里学到很多。

　　现在我经常跟爸爸聊天。我的话挺多，爸爸有问必答，但字斟句酌，说话之前先停顿一下，凯文也是这样。现在我知道，这和镜像神经元有关。这种神经元能分析对方的情绪，像镜子一样反射出来。有了这个，机器人才能像真正的人一样。这都是爸爸书里写的。

"给我讲讲爸爸和妈妈的事，他们是怎么结婚的？"

"他们是在网上认识的，在网络世界里，你妈妈是个非常有魅力的女士，她的眼睛是金色的。"

我喜欢听这个故事，努力想象妈妈光彩照人的样子。

"再讲讲他们的婚礼吧，网上的那个。"

"好吧。那是场了不起的婚礼，他们的朋友从七大洲、四大洋赶来，骑着传说中的生物。他们带来了一条龙作为结婚礼物。"

"那条龙现在在哪里？"

"应该还在那里，在他们的国度里。"爸爸沉思，"龙是不死的……"


现在，就连我卧室的视听墙上每天都会播放家庭机器人的全息投影广告。家庭机器人分很多种，护理类、家政类、操作类、服务类、教育类、社交类，应有尽有。但现在还没什么人买，因为它们太贵了。但专家说，要不了多久，机器人会成为人人买得起的东西。

跟爸爸不同，同类的机器人的外表全一样。这是为了让人一眼就能把他们认出来。比如：家政类都是黑发女郎，长得好看，可又不是特别好看；抚育类的都跟爸爸年纪差不多，稳重、和气。我走到哪里都会看见这些广告。它们永远微笑着，看着你的眼睛，好像在等着你先说话。

看见那些节目和宣传，爸爸只是笑了笑，从不评论。我猜，他跟它们不一样，这让他感觉挺孤独。我也不知道为什么自己会这么想。

这一年，爸爸仍然没有回家，这次我没有哭。想起上次哭，那是很久之前的事了。

"你也不知道他什么时候才能回来，对吗？"

爸爸思索了一会儿，说："是的。"

"我想，他不在沙漠里。"我慢慢说。比起爸爸离开时候的我，现在的我已经长大了很多。在这个年代，距离从来都不算什么。到处都是视听墙，只要爸爸想，我们就可以在任何一个公共平台上随时见面，就像我跟凯文那样。可他从没跟我联系过，而他们也从不谈起他。我现在隐隐约约猜到了，我看不见他，是因为他不在任何一个地方。

现在我跟爸爸常玩的是搭建多维空间。我尽量利用各种玩具、材料，来表达我脑袋里像万花筒一样狂乱的想法。有时我想象四维空间里有无数个方向，一件事有无限种可能，我可以把所有的做法都试一遍。有时我想象在那里，时间是看得见、摸得着的，能像面包一样被一块块切开。如果拿到一块凝固的时间，我就能改变已经发生的事情。如果是能当早餐的那一块，也许够我回到六岁那个生日，去做点儿什么，阻止爸爸离开我们；如果有一整条法国面包棒那么长，也许我能回到爸爸和妈妈的婚礼，亲眼看看那条龙……但是，如果是那样，就不会有眼前这个爸爸，对吗？这个沉默还有点儿忧郁的爸爸。但是，也许在四维空间里，我可以同时跟两个爸爸在一起。

"如果我真的能建造出四维空间就好了。"

我不止一次地对爸爸说。

"你能。我不仅相信，而且知道你一定能。"

爸爸用那种对子女言过其实的鼓励劲儿，认真地说。

我关闭了天花板上的非洲星空。爸爸注意到了，但他什么也没说。

我渐渐学会不再发问。没有答案的问题也许会使爸爸为难，会伤他的心，那就好像在说他只是个冒牌货，是个代用品，是个机器人。但是现在，他就是我的全部。

"爸爸，你爱我吗？"

不知怎么，我费了很大劲儿才问出这个问题。

"爱。"

我等待着，我知道答案还没完。

"我的指令要我爱你，"爸爸沉思着，慢慢说，"我就是为了这个使命诞生的。你爸爸教了我很多，他在这个模块上耗费了最多精力。陪伴你，照顾你，奋不顾身保护你，这都是爱，我知道几万种表达爱的方式。但是，爱究竟是什么呢？对我来说，爱也许只是一种算法……"

我点点头。我已经猜到差不多的回答。我忍住想哭的冲动：

"爸爸，你觉得孤独吗？"

爸爸没点头也没摇头，久久地望着我。他很孤独，我知道。我挪到他身边，拥抱着他。

"爸爸，你知道吗？你是真的爱我的。书上说，人们要是真的去爱，就会觉得孤独。我也觉得孤独。"

爸爸走后的第三年，发生了一件事。一个邮件炸弹寄到我家，在客厅里爆炸了，当时是半夜。事后凯文说，爆炸当量①不大，但释放了有毒的化学气体。在那之后，妈妈就住院了，她的神经系统受损了，我们定期去探望她。毒气对爸爸不起作用，爆炸后他先救了我，然后回去救昏迷的妈妈。"因为我的指令是优先保证你的安全。"他说。我觉得内疚，难受，但我不知道谁最内疚，爸爸？新爸爸？还是我？

"我正在睡觉，爸爸冲进来，"我对凯文说，"他用衣服蒙住我的脸，然后撞碎了窗玻璃。我两一起滚到外面的草坪上，我一点儿也没受伤。"

"你爸爸真的非常爱你。"凯文在墙上说。他没说是哪个爸爸，我也没问。

"是啊。"我说，"他非常爱我。"

炸弹的来源很快分析出来了，我们收到了详细的书面报告。最初爸爸不想告诉我，后来他改变了主意。

"来自深网（也称暗网）。"他说，"就是互联网深处那个非常黑暗、非常危险的地方，一般人没法去。那里会发

---

① 爆炸当量：又称"黄色炸药爆炸当量"，用来衡量炸药的爆炸造成的威力相当于多少质量单位的黄色炸药爆炸所造成的威力。

生很多犯罪行为。"

"他们为什么要害妈妈？"

"你妈妈是个计算机专家，这你知道。"

我点点头："妈妈发现了他们？"

"是的，她把他们交给了警方。那个炸弹能避开常规检查，是因为那些人也都是计算机高手，就像你妈妈一样。"

"他们差点儿就杀了妈妈。"

"对。你妈妈非常勇敢，她在网上做过很多了不起的事情，比如保护儿童，还有追查毒品。"

"噢，"这真让我吃惊，"这么说，妈妈是个了不起的人，是吗？"

"是的，她做了很多一般人无法想象的事情。"

"那她什么时候才能好起来？"

"她还要休养一阵子。别担心，她会回家的。"

现在我总想让爸爸讲讲深网的事，可他不愿意多说。

"世界上有很多黑暗、危险的角落，你不能一一去探寻。我敢说，你爸爸妈妈也这么想。"

"可妈妈自己就去过。"

"所以她遇到了危险。这是她选择的结果。等你长大了，你可以自己做出决定，但现在不行。"


这是爸爸离开后的第三个秋天，满世界都是金红色的树，空气变得又凉又干净。我捡起一片树叶放在日记本里，想留住这个秋天的颜色和气味。

爸爸在身边注视着我。我望向他时，我们的视线碰在一起，他微笑了。就在那一瞬间，我忽然有种错觉。我觉得，爸爸看着我，然而他并没有马上"看见"我。就像一个人在出神，过一会儿他才会真正看见他眼前的东西。我说不清这种感觉，因此什么也没说。

同样的事情在几天后又发生了一次。

那天我又试着访问深网，但没成功。家里的网络被妈妈设置过，没有密码，根本别想进入她不让我进的地方。虽然我有许多数学动物能帮我计算，但是看这样子不知道要算到什么时候。

当然，爸爸以为我在学习。窗子开着，我看见他在院子里修剪树枝。他剪得又稳又准确，一个动作也不浪费。过去的爸爸不是这样，他不擅长干这个，庭院里的树总是长得乱蓬蓬的。一阵寂寞涌上心头，我喊了一声："爸爸。"

在秋天金红色的风中，我的呼喊化为声波，好像孤悬在空气中。爸爸依然背对着我，在剪树枝。我说不清那一瞬间究竟有多长，也许只有一秒钟？

然后，爸爸转过身来，向我微笑了。


社会调查官再次到来时，由我接待他。我给他沏茶，请他吃饼干。他和爸爸谈了一会儿，考查他的思维，又拿出一个很小的掌上电脑，做了个简单的测试。那上面全是光点，看一眼就会头昏眼花。爸爸找出所有绿色光点之后，测试就结束了。照我看，他的动作还是很快，不过，我并不知道究竟多快才算快。

从社会调查官脸上看不出什么，他一直挺严肃的。他也问了我几个问题，又在他的记事本上记下了什么，最后他说他很快会再来看我们。

临走的时候，他交给我们一个方盒。

"这是政府送给你妈妈的礼物，请转达我们的敬意。"

盒子里是个正方体，边长也就三四厘米，很黑，但又好像是透明的，里面有光彩在流动。这是件不常见的东西。上面刻印了两个金色的字母，是妈妈名字的缩写。

"这是什么，爸爸？"

"我也不知道，应该是特定的人才能开启的东西……"

爸爸小心地把它收起来。

有天晚上，我不知为什么忽然醒了。我躺着，很久没再睡着，谛听着视听墙上非常遥远的夜莺的叫声。后来我决定下床去喝点儿橙汁。自从妈妈住院后，一到夜晚，家里总是黑沉沉的，没声音，也没光亮。卧室门一开，那些小小的夜灯轻轻亮起来，我眼睛的余光瞥见一个坐在客厅沙发上的黑影，不言，不动，一丝声响也没有，好像完全融进了黑夜里。我的心狂跳起来。紧接着我认出了他。

"噢，爸爸！你吓死我了！"

伴随着我的声音，客厅里大放光明，爸爸如梦初醒。他赶紧走过来，把我搂在怀里，歉疚地轻轻拍我："对不起，宝贝，对不起。我没想到你会起床。"

后来，我和爸爸一起坐在餐厅里。因为是午夜，所以头顶的灯光很朦胧，像一弯新月。我喝着橙汁，吃着爸爸做的葡萄干小饼干。在月光里，爸爸看上去跟刚来我家的时候一模一样，也跟我记忆中的爸爸完全一样。当然，他是不会变老的。

"爸爸，你刚才……"

"刚才……我在待机。"

"待机？"我有点儿难以置信。电脑、手机会待机，这我知道，灯光系统和我的视听墙也会待机，但是爸爸……我无法想象，在那么一段时间里，爸爸像一部机器、一件家具一样，没思想、没意识地待在某个地方……

"别担心，我向你保证，再也不会这样了。再也不会了。"

爸爸再三重复说。


那天在学校里，他们说有人找我。我想不出会是谁。我信步走出校门，然后站住了。

在灰色的天穹下，在学校停机坪上等着我的，是社会调查官。

"我想跟你谈谈你父亲的事。当然，是现在在你家中的父亲。"他说。

我没说话，看着他。

"我刚从你家来，见过了他。你是个非常聪明的孩子，因此，我就像对成年人一样跟你说话了。"

我还是不说话。我的嗓子很紧。

"我测试了他的冗余情况和能耗情况，目前来看，他尚能维持家庭服务功能，但维持不了太久……"他犹豫了一下，"我想，你可能已经有所察觉。"

"我不知道你在说什么。"我说，声音又干又哑。

他叹了口气。

"孩子。即使是你父亲那样伟大的科学家，也不能解决永动机的问题。再精密的机器人也无法永远保持初始状态。当他与人类共处的时候，我们必须保证一切都是安全的。"

"他刚救了我，救了我妈妈。"我说。

他又叹了口气。

"我的职能是确保每一件事都得到妥善的处理，如果人们生活中出现不安全的因素，就需要消除。"

"怎么消除？"

"简单地说，可能需要对他进行回收。"

"不行！"我断然说。

"我知道。"他说，"我知道他对你意味着什么。机器人还没有全面进入人类的生活，过去我从没处理过这种案例……这是第一例，我真的需要慎重考虑。"

"那你就走开吧，走远点儿！"我说，"别再来打扰我们，我们不欢迎你！"

社会调查官露出一丝苦笑。

"我们何不到那边坐坐？"

他指着远处那棵巨大的苹果树。它是人工制造的，我们都叫它"牛顿树"。如果你在树下坐得够久，就会有苹果砸在你头上。那苹果相当难吃，而且苹果皮上总是印着条定理或者公式，我们都觉得这蠢极了。这棵树是学校的笑柄。

"我不想坐。你还有什么话要说？"

他沉吟了很久。

"我要说的话，不仅没有跟一个孩子说过，也没有跟任何成年人说过……"

"我知道，你的两个父亲，他们都非常爱你，我看到了这种爱。这就是我在思索的事情。"

我不作声。我觉得别扭，我不想跟别人讨论这些。

"你父亲尝试给机器人加入'爱'的单元，"他一边想一边说，"对于人来说，爱是再自然不过的。但对于机器人，想要像人一样去爱，也许意味着无限的运算……"

他看着我。我没作声，我在等他继续说。

"不恰当的运算，"社会调查官加重语气说，"我们姑且认为，'爱'是不恰当的运算，那么它就会大量增加能耗……"

我的眼泪不知不觉地蓄满眼眶。我想到坐在黑暗中的爸爸，爱我是他的最高指令。他说他在待机，他是为了能多爱我一段时间，拼命地降低自己的能耗吗？

社会调查官沉思着："对于机器人来说，爱，是前所未有的精密运作。有位中国诗人，他写过一句诗，大意是说，如果苍天是有感情的，那么苍天也会悲哀，也会逐渐衰老……"

我望见社会调查官鬓角的一丝丝白发。他看上去跟爸爸的年纪差不多，却已经有了白发。

"您有孩子吗？"我突兀地问。

"没有，我没有结过婚。"

一时间，我们都不作声了。

"如果将来，我不得不为了保护你而做些什么，希望你原谅。"最后，他这样说。


那天回到家，我没有提社会调查官的事，爸爸也没提。

"嗯，爸爸……你能画出你自己的图纸吗？"

"我自己的图纸？"爸爸吃了一惊。

"嗯。画给我看，全都画给我看，越详细越好……"

"我能。"爸爸终于说，"但是，你为什么需要它？"

"因为我想了解你。"我望着他，还有一句话是在心里说的，"因为我怕失去你……"

爸爸画了图纸给我。我想，这也是爱。我小心翼翼地把图纸珍藏在我的日记本里。我终于遇上了最难、最重要的功课。

凯文每天跟我一起看这些图纸。我们一小部分一小部分地学习。为了弄明白这些图纸，我们总是得回过头来看很多参考书。就这么过了一阵子之后，凯文建议我，还是要从基础的部分学起。我们学了很多，可是我还是嫌学得太少，太慢。我没叫苦，凯文也没有。这就是凯文的优点，无论多枯燥、多困难的事，他都有毅力陪我坚持下去。别的孩子的虚拟朋友也像他一样好吗？我不知道。

我一个人去医院探望了妈妈。因为我不是在探视时间里去的，所以妈妈还在睡。睡眠对她恢复身体有好处。

我坐在妈妈床边，握着她的手，静静地看着她。我想知道，她梦见了什么。是不是梦见了那条龙？她的梦里有我吗？有爸爸吗？她是不是把爸爸藏在了一个谁也找不到的角落？

妈妈睡着时的脸苍白又瘦削，睫毛却像一对蝴蝶，眼睛下面还是有淡淡的黑晕。我长大了会像她吗？还是像爸爸？或者谁也不像，就只像我自己？

那天我陪了妈妈很久，临走的时候，我小心地拿出那件东西。现在，家里收藏它的地方只剩下一个空盒子。爸爸要是知道我背着他拿出了这个会吃惊的吧？

我拉起妈妈的手，放在那个奇异的黑色正方体上。

一阵幻彩流过，黑色正方体变得透明了。光芒在它里面聚合起来，成为一组闪烁的数字。我定睛注视着，这数字是不断变幻的，每隔一分钟左右就重新跳一次。

我吁出一口气，幸好这东西跟我的"银月亮"一样，也是识别特定生物体征的。要是别的方式，那可就大费周章了。

现在，我常常做很长的梦，长得醒来时总要发呆好半天。爸爸说那是因为我在长身体。

我把每个梦都记在日记里，我怕将来我会忘记。

我梦见"时间"在我家里凝固了。我紧紧嵌在一大块光滑透明的蓝玻璃里，我能看见它，摸到它，却无法打破它。在"时间"那头，妈妈在轻盈地走动，她身上有蛱蝶的翅膀，散发着变幻的光彩。我知道她很脆弱，因为她中毒了，她马上就要被蓝玻璃冻住。我拍打着蓝玻璃，但是她看不见我，因为她的世界不在这里。

我梦见自己走在机械迷宫里。不论我向哪个方向看，都是图纸。线路图、组装图、零件图。我知道这些图纸是什么，是爸爸自己画的，他的画像照片一样精密，全保存在我的日记本里，我一有时间就拿出来看。凯文也走在我身边。他像我投下的影子，散发出硫黄、金属和数字的味道。

"这是你的世界吗？"我问凯文。

"不，是你的。"

我梦见我们躺在非洲的穹苍下，然而这是一个密封的、沙漏般的世界。沙子在不断流走。爸爸的眼睛看着我，然而他要到下一秒才能真正"看见"我。他听着我说话，然而他要到下一秒才能真正"听见"我。"命令不响应，出现延后现象。"我知道他的能源块在慢慢耗尽，可是我还没有替他找到一块新的。沙子流完了，露出了嶙峋的悬崖，深渊里升起彩虹色的火，吞噬着悬崖边缘。我和爸爸奋力向前跑，可是他的动作比火慢，比大地塌陷的速度慢，下一秒，他随着崩塌的悬崖落进火中。

我梦见寂静的家。阳光的影子一格一格移动，很多年就这样过去了。爸爸坐着，像停摆的钟，没有一丝声响。我替他戴上太阳镜，不让别人看见他茫然的眼神。我替他戴上帽子，围上围巾，假装他是个迟缓的老年人。我放慢脚步，和他走在一起。如果别人对我们说话，我就抢先回答。不论去哪里，我总是握着他的手。

我梦见我孤零零地行走在群山之间，到处都是坍塌的神殿。野草上凝结着露珠，藤蔓下面是生锈的古代剑刃。我走了很远很远，最后终于找到了她。她在高高的荒凉的宫殿里望着窗外，金发滚滚，像波浪一样铺满了地面。我知道她就是我要找的人，因为她有一双金色的眼睛，还有蝴蝶一样的睫毛。我吁了一口气，慢慢在她身边坐下。冰冷的石阶蒙着厚厚的灰尘。我们都在想着一个离开了很多年的人。

"他还活着吗？"我问。

她没点头，也没摇头。她指着遥远的地方。在那黑色的山巅上，隐隐约约盘踞着一条巨龙，像是在守护她的宝藏，守护着她最珍贵的东西。

渐渐地，我觉得，梦和现实的边界模糊了。我分不清哪些是我梦见的，哪些是我看见的，哪些是我感觉到的。可是我知道，留给我的时间不多了。

用那块被开启的黑色密钥，我成功进入了深网，互联网里的一切在我面前敞开。我现在明白这里为什么危险，为什么是罪恶的渊薮。有那么多人都想获得自己想要的东西，那些东西疯狂、诡异又恐怖，他们中一定有很多人是罪犯。可是我现在顾不上这些。

我知道了许多许多信息，知道了许多许多交易的方式和地点。凯文一再阻止我，最后他说他要告诉爸爸，可是我没等他说完就关闭了视听墙。这种会伤害他的事，我还是第一次做。

我的目的地在地下。那是个黑暗、诡异、危险的山洞，进入的人必须在入口处领取面具和胸牌，穿上长可及地的披风。洞穴的深处人影幢幢，不时有胸牌的光芒同时闪烁，照亮一张惨白或滴血的脸，和他们手里那些永远不会出现在广告里或电视上的东西。

我们都是为了交易而来的。我在长袍底下紧紧攥着一袋沉甸甸的金币，那是我的数学动物们计算了好几个月，在互联网深处的泥土中挖出来的。我不关心它值一座城堡，还是一颗心脏，我只想换到我要的东西。

一个戴化身博士①面具的男人在我面前停下。他的胸牌表明，他身上有我要的东西。我知道，那应该是一个浓雾般的方块，是个能量场，里面封存着一块能源。

　　我点点头，同意交换。我们的胸牌同时闪烁起来。可就在这时，角落里响起了高得刺耳的声音："等等！"

　　一个戴骷髅面具的人向另一个戴猿人面具的人拉开了他手中像线圈一样的东西。

　　所有人的眼前都出现了炫目的白光。一瞬间，山摇地动。山洞坍塌了。

　　戴化身博士面具的男人猛然把我掩护在身下。在我身边，巨石纷纷滚落，到处是惊呼和惨叫声。我听见巨石接连砸在他身上。我听见坍塌、碎裂的声音。我闻到硫黄、金属、数字和机械迷宫的味道。可是他的声音依然很平静，而且非常非常熟悉。

　　"我的最高指令是保证你的安全。"


　　在这件事之后，爸爸离开了我。他的身体损坏得很厉害，人们把他送回了研究所。这全都是我的错。我从来没有梦到过这样的结局。他们也暂时关闭了我的互联网权限。他们说，这不是为了惩罚我。至少社会调查官是这样说的。他

---

①化身博士：19世纪英国著名作家罗伯特·路易斯·史蒂文森（Robert Louis Stevenson，1850—1894）的长篇小说《化身博士》中的主人公学者亨利·杰基尔博士，是文学史上首个双重人格形象。

还说，如果他将来有个女儿，他希望她像我一样。

两个月后，爸爸回家了。我是说，我真正的爸爸。他消瘦得让人认不出，但他活着回家了。他不是从沙漠里回来的，而是从很远的医院。

"我一直都在休眠，直到他们把我唤醒，说我的病能治好了，他们已经找到了药物。"爸爸倚在床上握着我的手说，"那时候，我不知道自己这么幸运。我怕我会睡上十年，二十年。我想不到更好的办法了。"

我点点头，表示明白。我真的明白，我也没想到自己会这么幸运，还有妈妈。

爸爸回来之后不久，妈妈也出院了。我们在房间里搞了一些花样来迎接她，一些飘浮的星座、鱼群什么的，就像人们在派对上常做的那样。我在墙壁上画了条龙。妈妈看到它，露出淡淡的笑容。

他们现在不吵架了。妈妈离开她的房间，整天照看爸爸，许多事情她情愿不用家用电器，而是自己来做。爸爸已经答应她，身体好了之后减少工作的时间，多陪伴她。现在，他一有空就读我的日记，他说他要尽快为失去的那三年补课。

现在，我只剩一件事还没有讲到。那是另一个爸爸的记忆芯片，他们把它交还给我。现在，它是我最珍爱的东西，嵌在一块浑圆、晶莹的蓝色有机玻璃里。我把它串成项链，总戴着它。回想过去的三年，我觉得那像一个闪光的长梦，虽然我当时并不知道。

凯文仍然是我的好朋友。现在，爸爸不怎么鼓励我拼命学习，他希望我多交点儿真正的朋友，像同龄的女孩一样。但是对我来说，这还有点儿难，毕竟我曾经有过的两个最好的朋友都是机器人。

爸爸能够出门散步那天，我们在街上第一次看见一个抚育类机器人带着一个很小的黑发女孩。那个机器人的样子并不像爸爸，但沉思的神情像。所到之处，人们都对他们久久凝视。我和爸爸从他们身边缓步经过。

我知道我会永远想念他，因为百万个明天都会来临，总有些事，我们永不忘记。

### 关于作者和作品

《百万个明天》是青年作家秦萤亮的代表作之一，荣获第十届全球华语科幻星云奖最佳少儿短篇小说金奖、2019陈伯吹国际儿童文学奖本年度单篇作品奖。

故事背景设定在未来社会，智能机器人已走进千家万户。"我"是一个心思细腻、性格有些内向的小姑娘。"我"的爸爸因为特殊任务离开了家，留下一个外表相同、被赋予了爱的指令的机器人爸爸。刚开始，"我"对他是排斥的。随着时光流逝，"我"和这个新爸爸一起玩拼图、做数学题、讲故事、过生日……相处日久，我们慢慢有了父女般的情感。后来，新爸爸的反应变得日渐迟钝，因为"对于机器人来说，爱是前所未有的精密运作"，会消耗大量的能量。"我"开始担心机器人爸爸的能量够不够用。为了帮助他找到新的能源块，"我"不惜去深网冒险……

人工智能发展到一定阶段会有自我意识和情感吗？这是目前科学家仍在讨论的问题。人的自我意识存在于大脑中，具有自我意识，实际上是脑细胞相互传递神经信息达到一个数量级后，由量变引起质变的结果。只要电脑和大脑做同样的事情，模拟大脑的思维过程，诞生自我意识并非不可能。重要的是，我们希望人工智能朝着有利于人类幸福的方向发展，就像故事中的机器人爸爸，充满了爱。

# 狄拉克海的涟漪

[美国] 杰弗里·A. 兰蒂斯

死亡如潮水般笼罩着我，挟着势不可当的威严缓缓向我扑来。尽管逃离或许毫无意义，但我还是逃走了。

我离开了，掀起的涟漪散入无尽的远方，如同波浪将被遗忘的旅人的足迹抚平。

那天我们首次测试我的机器，小心翼翼地尽量避免一切自相矛盾的行为。在一间无窗的实验室里，我们在水泥地板上用强力胶带贴出一个"十"字，在"十"字标记上放了个闹钟，然后把门锁上。一小时后，我们返回实验室，取走闹钟，在房间里放上实验用的机器，并安了个超8胶片摄影机，把摄像头对准"十"字标记。我手下的一名研究生给机器编好了程序，能让摄影机返回半小时前，在过去停留五分钟，然后再返回。它眨眼便去而复返，仿佛从未消失过。等我们把胶卷冲洗出来，闹钟上显示的时间是安装摄影机之前的半小时，我们成功地打开了通往过去之门。我们用咖啡和香槟来欢庆胜利。

如今，我对时间的了解比从前要深得多，我看清了我们所犯的错误：我们没想到要在摆放闹钟之前，在房间里再安放一台摄影机，拍下机器从未来抵达时的情景。尽管如此，目前在我看来显而易见的事在当时却并非如此。


我到了，涟漪从浩瀚的无尽之海汇聚到此刻。

我来到了1965年6月8日的旧金山。和煦的微风拂过点缀着蒲公英的草地，蓬松的白云呈现千奇百怪的形状供我们赏玩。然而这美景却鲜少有人驻足观赏。人们步履匆匆、心事重重，以为自己如果表现得足够忙碌，就必定是位重要人物。"他们可真匆忙啊，"我说，"这些人为什么就不能放慢脚步，坐下来悠闲地享受时光呢？"

"他们陷入了时间的幻觉。"丹瑟说。他仰面躺着，吹出一个肥皂泡，棕色长发向后披散着，在那个年代，凡是过耳的都算长发。一阵微风把肥皂泡吹下山坡，吹进了人流之中，但行人对它视而不见。"他们坚信，自己所做的事对将来的某个目标是很重要的。"泡泡撞到一个公文包上，"啪"地碎了，丹瑟又吹出一个，"你我都知道，这幻觉错得有多离谱。没有过去，没有将来，只有现在，永恒不变。"

他说得对，其正确的程度超出了他的想象。我曾经也是个心事重重、自视甚高的人。我曾经才华横溢、野心勃勃。那年我28岁，发现了世界上最伟大的规则。

我从藏身之处看着他走近货梯。这男人瘦得一副就快饿死了的模样，神色紧张，一头稀疏的金发，身穿无袖白色T恤。他打量了一番走廊，但没看到躲在门房壁橱里的我。他双臂下各夹着一个八升的汽油罐，双手还各拿了一个。他放下其中三个罐子，把最后一个颠倒过来，然后沿着走廊往前走。他一路泼洒着刺鼻的汽油，脸上毫无表情。

他开始泼第二罐时，我觉得时机已到。当他经过我的藏身之处时，我用扳手狠狠砸向他的脑袋，然后叫来了酒店保安。

然后我回到壁橱里，让时间的涟漪汇聚。我来到了一间起火的屋子，火焰朝着我的方向舔舐而来，酷热难耐。我吸了口气，然后用力敲键盘。


时间旅行理论与实践笔记：

1. 时间旅行只可回到过去。

2. 传送的物体会精准返回出发的时间和地点。

3. 不可能把属于过去的物体带回现在。

4. 过去的行为改变不了现在。


有一次，我试着重返一亿年前，回到白垩纪去看看恐龙。所有画册上描绘的白垩纪风景都是遍地恐龙。我穿着新买的花呢西服，在沼泽里转悠了三天，却连比巴吉度猎犬的个头大点儿的恐龙都没瞥见。而我最终瞥见的那只属于某种兽脚亚目的恐龙，刚一嗅到我的气息，就脚底抹油，溜之大吉了。

真是让人大失所望。

我的超穷数①理论教授曾经讲过一家旅馆的故事。那家旅馆有无穷多个房间。有一天，所有房间都已客满，这时又来了一位客人。"没问题。"接待员说。他把1号房的人挪到2号房，2号房的人挪到3号房，以此类推。瞧瞧！一间空房就有了。

片刻之后，又来了无穷多的客人。"没问题。"无所畏惧的接待员说。他把1号房的人挪到2号房，2号房的人挪到4号房，3号房的人挪到6号房，以此类推。瞧瞧！无穷多间空房就有了。

我的时间机器正是按照这一原理来运作的。

我再次重返1965年，这个固定的时间点是我混沌轨道上的奇异吸引子。在多年的流浪岁月中，我曾遇见过数不尽的人，但真正头脑冷静的唯有丹瑟一人。他有着温柔而自如的笑容，一把破旧的二手吉他，还有我活了一百回才学会的智

---

①超穷数：大于所有有限数、仍不必定绝对无限的基数或序数。

慧。我见过身处顺境与逆境的他，见过天空蔚蓝的夏日里的他，当时我们赌咒发誓，这样的日子会延续千年。我见过风雪肆虐的冬日里的他，飘落的雪花在我们头顶堆积如山。在相对幸福的时光里，我们曾把玫瑰插进枪管，在暴乱中，我们横躺在城市的街道上，而未曾受伤。他去世时，我总是陪在他身边。他已死过一次、两次、上百次。

他死于1969年2月8日，再过一年，肯特惨案①、阿尔塔蒙特惨案②和柬埔寨秘密战争③就会慢慢扼杀这个梦想之夏。他死了，而过去的我无计可施，此时的我束手无策。上一次他快死去的时候，我把他拽到了一家医院，他在那里又是大叫，又是咆哮，直到最终说服了那些人留下他住院观察，哪怕他看起来什么毛病也没有。借助X光、动脉造影和放射性示踪剂，他们在他的大脑中发现了那个正在发展的肿泡。他们给他上了麻醉，剃掉了他好看的棕色长发，给他做了手术，切除了病变中的毛细血管，切口处结扎得干净利落。麻醉药的

①肯特惨案：1970年发生在肯特州立大学的枪击案，当天上千名肯特州立大学的学生在抗议柬埔寨战争时，与国民警卫队发生冲突，导致多人死伤。
②阿尔塔蒙特惨案：1969年底，滚石乐队在旧金山城外的阿尔塔蒙特赛车场举办了一场免费摇滚音乐节。一位18岁的少年被负责安保的飞车党"地狱天使"成员狂殴致死。这起血腥事件击碎了60年代摇滚乐的"爱与和平"迷梦。
③柬埔寨秘密战争：1969—1973年，美国在柬埔寨发动秘密战争，造成数万人死亡。

药力散去后，我坐在病房里，握着他的手。他双眼下方有大片的紫斑。他抓住我的手，一言不发地凝视着空中。无论是否在探视时间内，我都不肯出病房。他就这么凝视着。在黎明前天色仍旧灰暗的时刻，他轻轻叹了口气，就去世了。我根本无计可施。

时间旅行受到两方面约束：一是能量守恒，二是因果关系。出现在过去所需的能量是从狄拉克海①借来的。由于狄拉克海的涟漪是逆时间方向传播的，所以传送只能回到过去。只要被传送的物体返回时延迟为零，当下的能量便可守恒，而因果关系法则保证了过去的活动无法改变当下。比如，假设我回到过去杀掉了你父亲，将会如何？那谁来发明时间机器呢？

接下来，我们尝试着把一只老鼠送回到过去。它穿过了狄拉克海，然后毫发无损地返回。然后我们又用一只受过训练的老鼠做了实验，这只老鼠是我们从草坪对面的心理实验室借来的，我们没告诉他们借来做什么。在这趟短短的旅程开始之前，它接受了穿过迷宫去获取一片培根的训练。旅程结束之后，它用跟平时一样快的速度跑过了迷宫。

---

①狄拉克海：保罗·狄拉克提出的物理学术语，他认为真空中布满了最低能量，也就是负能量的电子，形成了所谓负能量的粒子海。

我们还得在人身上试验一下。我自告奋勇，不因任何人的劝说而罢休。既然是拿自己做试验，我就可以不遵守大学关于人体实验的规定。

　　潜入负能量之海时，我毫无感觉。上一刻，我还站在伦塞尔兹线圈的中央，我手下的两名研究生和一名技术人员正看着我。下一刻，就只剩我一人了，时钟所指的时刻回溯了一小时整。我独自待在一间上了锁的屋子里，室内除了一台摄影机和一个闹钟之外，别无一物。那一刻是我人生的巅峰。

　　第一次遇见丹瑟的那一刻则是我人生的低谷。当时我正在伯克利一家名叫"特里西亚"的酒吧里喝得烂醉。卡在无所不能与万念俱灰之间的我时常买醉。时逢1967年，正值嬉皮士时代中期，那时的旧金山似乎很适合这么做。

　　有个姑娘跟一帮大学生同坐一桌。我走到她桌旁，自顾自地坐下来。我对她说，她并不存在，她的整个世界都不存在，纯粹是因为我正在旁观才有的，一旦我不再观看，一切便会消失在虚幻的海洋中。那姑娘名叫丽莎，她反驳了我。她的朋友觉得无聊，纷纷散去，过了一阵，丽莎才意识到我醉得有多厉害。她把一张钞票往桌上一丢，走到门外，步入了雾蒙蒙的夜色。

　　我尾随而出。见我跟在身后，她抓起手提包开始狂奔。

　　突然间，他出现在街灯下。他的蓝眼睛光华璀璨，棕色直发垂落到肩，身穿一件带刺绣的印度衬衣，颈上挂着一块银镶绿松石的圆形吊坠，背着一把吉他。他身材瘦削，简直跟竹竿差不多，举手投足像个舞者或是空手道高手。但我一点儿也没觉得害怕。

他打量了我一番，说道："你也知道，这解决不了你的问题。"

我立刻觉得一阵羞愧。我已经拿不准自己到底在想什么了，也不知刚才为何要尾随那姑娘。从我初次逃离死亡至今已经过去了多年，我已开始将他人视为虚幻的存在，因为无论我做什么，都不会对他们产生长久的影响。我觉得头晕目眩。我靠着墙滑下来，重重跌坐在人行道上。我变成什么人了？

他扶我回到酒吧，喂我喝橙汁，吃椒盐卷饼，让我开口说话。我把一切都告诉他了。既然我能抹去自己说过的话、做过的事，那为什么不告诉他呢？尽管我并不想抹去。他一言不发地听完了。以前从来没有人完整听过我的故事。我无法解释这对我的影响。在数不清的岁月里，我一直形单影只。我想过，哪怕只有一瞬间，我并不是孤单一人，哪怕只有一瞬间。

我们手挽着手离开了。走了半个街区，丹瑟在小巷前停下了脚步。巷子里黑黢黢的。

"这儿有点不太对劲。"他的语气里带着困惑。

我把他往后一拽："等一下。你不会乐意进去的。"他挣脱了，走了进去。我略一犹豫，也跟了进去。

小巷里弥漫着陈年啤酒的气味，混杂着垃圾、尿液和难闻的呕吐物的味道。片刻之后，我的眼睛就适应了黑暗。

丽莎蜷缩在几个垃圾桶后面的角落里。她的衣服被刀割破了，散落在地。大腿和一侧手臂上有发黑的血迹。她似乎没看见我们。丹瑟在她身旁蹲下，轻声说了几句什么。她没有回应。他脱下衬衣，裹住她的身体，然后把她拥在怀里，抱了起来。"帮我把她送到我公寓去。"

"公寓？我们最好还是报警吧。"我说。

"报警？你确定？"

我忘了，现在是60年代。我们俩一边一个，把她抬到了丹瑟的大众甲壳虫车上，然后开车将她带到了他位于黑什伯里①的公寓。开车时，他轻声向我解释，这就是"爱之夏②"的阴暗面，我以前从未见过。

丽莎身上大多是些皮外伤。丹瑟为她清洗了身体，把她安置到床上，一整夜都陪在她身边，跟她说话，柔声哼歌，弄出些让她安心的响动来。我睡在厅里的一张床垫上。等我早晨醒来时，看到丽莎静静地睡着了。


时间旅行讲座笔记：

20世纪初是个知识分子辈出的时代，或许再也无人能与那些巨人相提并论。爱因斯坦刚刚创立了相对论，海森堡和

---

①黑什伯里：20世纪60年代旧金山的嬉皮士聚居地。
②"爱之夏"：1967年旧金山爆发的嬉皮士运动。

薛定谔提出了量子力学，但还没人知道该如何使这两种理论取得统一。1930年，一个新人解决了这个问题。此人名叫保罗·狄拉克，时年28岁。他在别人失败的地方赢得了胜利。

除了一个小小的细节之外，他的理论取得了前所未有的成功。根据狄拉克的理论，粒子既可以具备正能量，也可以具备负能量。负能量粒子是什么意思？物体怎么可能具备负能量呢？为什么普通的正能量粒子就不会落入负能态，并在此过程中释放出大量的自由能？

换作你我，可能无非是加以规定：普通的正能量粒子不可能转变为负能量。但狄拉克不是普通人，他是个天才，是最伟大的物理学家，对此他有答案。如果所有可能的负能态都已被占据，那么粒子就无法进入负能态。啊哈！所以，狄拉克假设整个宇宙中充满了负能量粒子，在外太空的真空、在地球的中心等粒子可能存在的每一处，它们包围着我们、渗透了我们，汇成了一片无限密集的负能量粒子之"海"——狄拉克海。

他的论点还涉及了空穴，不过这个回头再讲。


有一次，我计划回去看耶稣受难。我从圣克鲁兹乘飞机来到特拉维夫，又从特拉维夫坐巴士到了耶路撒冷。在城外的一座小山上，我穿越了狄拉克海。

我是穿着三件套西服来的——没办法，除非我想裸体旅行。这片土地翠绿得惊人，肥沃得出奇，超乎了我的想象。

方才的小山现在成了一片农场，遍布着葡萄架和橄榄树。我把线圈藏在岩石后，朝大路走去。我刚在路上走了五分钟，便遇到了一群人。他们有着深色头发、深色皮肤，身穿洁净的无袖白袍。他们是罗马人、犹太人，还是埃及人？我怎么分辨得清呢？他们跟我说话，但我一个字也听不懂。片刻之后，其中两个人抓住了我，第三个人来搜我的身。他们是搜罗银钱的强盗，还是在找什么身份证件的罗马人？我这才意识到自己原先的想法有多天真，还以为只要找一身合适的衣服，就能设法混入人群。搜身的那个人搜得一丝不苟、有条不紊，结果一无所获。他打了我一顿，最后把我脸朝下摁进了泥土里。另外两个人按住我，让他拔出匕首割断了我双腿后侧的肌腱。我猜他们已是大发慈悲了，没有取我性命。他们说笑着走开了，但他们说的话我没听明白。

我的腿废了，还断了一条胳膊。我用没受伤的那条胳膊拖着身子，花了四个小时才爬回山上。路上偶尔有人经过，但都对我视若无睹。我一回到藏身之处，就把伦塞尔兹线圈拖了出来，缠在身上。这样的动作对我纯属折磨。等到在键盘上输入"返回"指令时，我的意识已然恍惚。

我总算输入了指令。涟漪从狄拉克海汇聚而来，我重新置身于圣克鲁兹的酒店房间里。大梁已被烧穿，天花板开始塌陷。火警警报器尖声哀鸣着，但我无处可逃。房间里弥漫着刺鼻的浓烟。我尽力屏住呼吸，在键盘上狠狠敲下一个数字，某个时间，随便什么时间都行，只要不是那一刻。我又出现在酒店房间里，时间是五天前。我倒抽了一口气。

回到1965年吧，我想着。我用键盘输入数字，随之便站在了酒店30层的一个空房间里。酒店仍在施工，工程起重机的剪影寂然无声，一轮满月的微光映照于其上。我试着弯了弯腿。疼痛的记忆已开始淡去。这很合理，因为在此时，那件事从未发生过。时间旅行虽不等于永生，却已是仅次于永生的妙事了。

可无论你如何努力，都改变不了过去。

次日早晨，我在丹瑟的公寓里探索了一番。这套小公寓位于三楼，与黑什伯里相隔一个街区，被改造成了一个类似外星球的地方。公寓地板上铺满了旧床垫，床垫上乱七八糟地堆着被子、枕头、印第安毛毯和毛绒玩具。进门之前要先脱鞋，而丹瑟总是穿来自墨西哥的皮革凉鞋，鞋底是从旧轮胎上剪下来的。从来不热的暖气片用五颜六色的日辉牌荧光漆喷涂过。墙上贴满了海报：彼得·马克思①的印刷品、色彩鲜艳的埃舍尔②作品、艾伦·金斯伯格③的诗歌、唱片专辑的封面、和平集会的海报、一块写着"海特即爱"的牌子，还有联邦调

---

①彼得·马克思：被尊称为美国现代绘画之泰斗，是一位多才多艺的天才艺术大师，生前作品便被收入了世界十大博物馆，喜欢用各种不同媒介作为画布来创作独一无二的作品。
②莫里茨·科内利斯·埃舍尔：荷兰版画家，因其绘画中的数学性而闻名。
③艾伦·金斯伯格：诗人、文学运动领袖、激进的无政府主义者，被奉为"垮掉的一代"之父。

查局十大通缉犯的海报（是从邮局里撕下来的，海报上著名反战活动家的照片用蓝色白板笔圈了起来），以及西番莲粉色的巨大和平标志。几张海报用黑色的灯打了光，映出不可思议的各色光辉。带有霉味的空气中弥漫着熏香和迷幻药的气味。角落里的一台电唱机无限循环地播放着《比伯军曹寂寞芳心俱乐部》[①]。每当唱片的噪声变得过于明显，丹瑟的某位朋友就必定会再带一张新的来。

他从不锁门。"有人想偷我的东西，得了，那代表他们很可能比我更需要它，不是吗？这很酷。"无论昼夜，随时都有人顺道来访。

我留起了长发。丹瑟、丽莎和我一起度过了那年夏天，我们一同欢笑、弹吉他、写傻里傻气的诗和比诗还傻的歌。那是个值得一活的时代。


时间旅行讲座笔记（续）：

在假设整个空间充斥着无限密集的负能量粒子后，狄拉克进一步发问：在正能量宇宙中的我们是否能与这片负能量之海相互作用？比如说，假设你给一个电子注入充足的能量，使其脱离负能量之海，那会发生什么情况呢？会发生两件事：第一，你会创造出一个似乎凭空出现的电子；第二，

---

[①]《比伯军曹寂寞芳心俱乐部》：英国摇滚乐队甲壳虫的第八张录音室专辑，其中出现了许多类似从天外飞来般的声响，开启了"概念专辑"的时代。

你会在海里留下一个"空穴"。狄拉克意识到，空穴会表现得仿佛其本身就是一个粒子，与电子毫无二致，只有一点不同：它会携带相反的电荷。然而，一旦这个空穴与一个电子相遇，电子就会落回狄拉克海中。在一次明亮的能量爆发中，电子和空穴都将湮灭。最终，他们给狄拉克海里的这个空穴取了一个专属的名字：正电子。两年后，安德森发现了正电子，证明狄拉克的理论是正确的，让人们跌破了眼镜，大为扫兴。

在接下来的50年里，物理学家们基本上没有理会狄拉克海的存在。该理论的重要内容除了反物质（狄拉克海里的空穴），其他只是数学推论得出的产物。

70年后，我想起了我的超穷数理论老师讲过的那个故事，并把它与狄拉克的理论糅合到一起。就像在一个拥有无穷多房间的酒店里额外安排进一位客人一样，我想出了如何从狄拉克海中借用能量，或者换个方式说，我学会了如何制造波浪。

而狄拉克海上的波浪在时间上是倒流着前进的。


接下来，我们必须做出更有雄心的尝试。必须把人送回历史上更久远的年代，并获取时间旅行的证据。即使数学告诉我们现在是无法改变的，但我们仍然害怕在过去做出改变。

我们拿出摄影机，谨慎地选择了目的地。

1853年9月，一位名叫威廉·哈普兰的旅行者与其家人一道穿过内华达山脉，抵达了加利福尼亚海岸。他女儿莎拉在日记里记录，当一行人到达帕克山脊的顶峰时，太阳恰好悬于地平线处。在一片绯红的光辉中，她第一次瞥见了遥远的太平洋。这本日记至今仍在。我们带着摄影机，轻而易举地藏身于那道山口上方的岩石缝隙里，在他们经过时拍下了那几位坐在牛车里的疲惫旅客。

第二个目标是1906年的旧金山大地震。我们待在一间废弃仓库里，一边观察周围，一边拍摄着。建筑倒塌，四面楚歌的消防员坐在马拉的消防车里徒劳地努力扑灭大火。它熬过了地震，却逃不过随后的火灾。在大火蔓延至仓库之前，我们逃回了现在。拍到的影片令人惊叹。我们准备好了要向全世界宣布我们的成就。

一个月后，美国科学促进会要在圣克鲁兹举办一次会议。我致电项目主席，争取到了一个特邀演讲嘉宾的位置，但没有透露到目前为止完成了哪些工作。我计划在演讲时播放那些影片。影片会让我们一战成名。

丹瑟去世那天，我们开了一场告别派对，参加者只有丽莎、丹瑟和我。我告诉他了，他知道自己行将就木。不知怎么回事，他相信了我。他总是相信我的话。我们通宵未眠，弹奏着丹瑟的二手曼陀林，用油彩在彼此的身体上画出魔幻的图案，在一场激烈而冗长的"大富翁"游戏中相互对抗……我们干了上百件傻乎乎的平凡事，其意义仅仅在于这是最后一次了。凌晨四点左右，天空中开始显现虚幻的曙光，我们来到海湾旁，拥在一起取暖。他的最后一句话是让我们不要让梦想消亡，以及不要离开彼此。

我们把丹瑟葬在了由市政府出钱的福利公墓里。三天后，我们互相道别。

我和丽莎还保持着一些联系。70年代末，她重返学校，先是攻读MBA，然后又进了法学院。她结婚好像已经有一阵了。有段时间，我们会在圣诞节互写贺卡，但后来我就跟她失去了联系。多年以后，我收到了她的一封信。她说，她终于可以原谅我害死了丹瑟。

那是二月里雾气朦胧、天寒地冻的一天，但我知道，我能回到1965年寻找温暖。涟漪汇聚而来。


预期听众会提出的问题：

问（古板的老教授）：在我看来，你提出的这个时间跃迁违反了质量/能量守恒定律。举例来说，当一个物体被传送到过去时，就会有一定量的质量从现在消失，这明显违反了守恒定律。

答（我）：由于返回时的时间、地点不变，所以现在的质量恒定不变。

问：很好，但是抵达过去的时候呢？这难道就不违反守恒定律吗？

答：不违反。需要的能量是从狄拉克海中获取的，我在《物理学评论》的论文中详细阐释了这一机制。当物体重返

"未来"时，能量又回到了狄拉克海中。

问（热情的年轻物理学家）：那么，海森堡的不确定性原理①不会限制我们能在过去度过多长时间吗？

答：问得好。答案是会，但因为我们从无穷多的粒子中借用了无穷小的能量，所以在过去能度过的时间可以是任意的时长。唯一的限制是在你离开现在之前，你必须先离开过去。

半小时后，我将要介绍这篇使我与牛顿、伽利略和狄拉克齐名的论文。我28岁，与狄拉克宣布他的理论时同龄。我就像一支火把，准备将世界点燃。我心情紧张，正在酒店房间里排练演讲。我灌了一大口放久了的可乐，那是我手下的一名研究生落在电视机顶上的。报道晚间新闻的记者还在喋喋不休地说着，但我根本没在听。

那场演讲从未发生。酒店已经着火，我的死早已命中注定。领带打得很整齐，我对镜审视了一下自己，然后向门口走去。门把手是温热的。我打开门，门外一片火海。火焰从敞开的门里窜入，犹如一条嗜杀成性的恶龙。我踉跄后退，惊奇而入神地凝视着火焰。

一声尖叫从酒店的某处传来，我顿时挣脱了魔咒，回过神来。我在酒店第30层，无路可逃。我想到了我的机器。我

---

①不确定性原理：维尔纳·海森堡于1927年提出的物理学原理。其指出同时精确确定一个基本粒子的位置和动量是不可能的，这表明微观世界的粒子行为与宏观物质很不一样。

冲过房间，猛地打开装着时光机的箱子，用敏捷而沉着的手指拽出伦塞尔兹线圈，缠在自己身上。

地毯着了火，形成了一道火墙，挡住了所有逃命的去路。为免窒息，我屏住呼吸，往键盘上输入了一个数字，潜入了时间。

我一次又一次地重返那一刻。当我按下最后一个键时，浓烟已让我几乎无法呼吸。当时，我的生命还剩下大约30秒。

这么多年来，我一点点地蚕食掉了最后的时间。我只剩下10秒了，甚至还不到10秒。

我活在借来的时间里。或许人人莫不如此，但我知道到何时何地，我欠下的债就该还了。


丹瑟于1969年2月9日去世。那一日天色昏暗、雾气朦胧。早晨他说头疼，这很不寻常，因为丹瑟从来没有头疼过。我们决定去雾中散散步。一切变得很美，仿佛我们正置身于一个无形无相的陌生世界。我已完全忘了他头疼的事，直到在海湾上方的公园隔着雾海眺望时，他倒了下去。救护车还没赶到，他就死了。他死时面带神秘的微笑，那个笑容我始终无法理解，也许他笑是因为不疼了吧。

你们这些普通人啊，你们有机会改变未来。你们可以生儿育女、写小说、在请愿书上签名、发明新机器、参加鸡尾酒会、竞选总统。你们做的每一件事对未来都有影响。而我无论做什么，都影响不了未来。对我来说，要影响未来已

经来不及了。我所有的行为就像在水里写字，转瞬便了无痕迹。既然没有影响，那就没有责任。无论我做什么都毫无区别，半点儿都没有。

当我第一次逃离火海，回到过去，我也曾想尽办法去改变过去。我阻止了纵火犯，跟市长们争论，甚至还跑到自己家里，告诉自己不要去参加会议。

但时间的运作方式并非如此。无论我做什么，找州长谈话，或是炸毁酒店，一旦那关键的时刻来临——亦即现在，我的命运时刻，我离开的那一刻——我就会从所在的地方消失，回到酒店的房间里，看着火焰离我越来越近。我只剩大约10秒钟了。每当我穿越狄拉克海，过去我所改变的一切都荡然无存。有时，我会假装自己在过去所做的改变创造了新的未来，但我知道，事实并非如此。每当我重返现在，所有的变化就会被汇聚的波浪泛起的涟漪抹去，就像下课后被擦得一干二净的黑板一样。

总有一天，我会回来迎接我的命运。但目前我暂且活在过去。我想，这样的生活还是不错的。你会习惯这样的事实：无论你做什么，都不会对世界产生任何影响。这让你感到自由。我去过谁也不曾踏足过的地方，见过活着的人谁也没见过的景象。当然，我也放弃了学习物理。我所发现的一切都无法熬过圣克鲁兹的那个夺命之夜。也许有些人会纯粹为了获取知识的乐趣而继续学习，但对我来说，这样做已经失去了意义。

但也有好事。每当我回到酒店房间，除了我的回忆之外，一切如旧。我重回28岁，又穿着同样的三件套西服，嘴里又隐约有变了味的可乐味道。每次重返现在，我都会耗掉一点儿时间。总有一天，我会没有剩余的时间了。

　　丹瑟也永远不会死，我是不会让他死的。每当来到二月的最后那个早晨，也就是他去世的那天，我就会回到1965年，回到六月那完美的一天。他不认识我，也从未认识过我。但我们在那座山上相遇，只有我们俩愿意无所事事地享受这一天的时光。他仰面躺着，漫不经心地拨弄着吉他弦，吹着泡泡，凝望飘浮着云朵的蓝天。过后，我会把他介绍给丽莎。她也不认识我们当中的任何一个，但没关系，我们有的是时间。"时间，"我躺在山上的公园里，对丹瑟说，"时间有的是。"

　　"所有的时间。"他说。

（罗妍莉　译）

## 关于作者和作品

　　杰弗里·A. 兰蒂斯（Geoffrey A.Landis），博士，美国当代科学家兼科幻作家，雨果奖和星云奖双奖得主。先后发表了60余篇短篇科幻小说，作品被翻译为16种语言。他是美国国家航空航天局（NASA）约翰·格伦研究中心的光电能及太空环境研究专家、火星探路者计划的首席电池专家，2003年金星漫游车的设计者。科学家和作家的双重身份，使兰蒂斯成为世界上优秀的硬科幻小说家之一。2014年获海因莱因奖。

《狄拉克海的涟漪》获1990年星云奖最佳短篇小说奖。主角是一名28岁的年轻科学家，他领悟了保罗·狄拉克的理论精髓，即"狄拉克海"，进而创造出了一台可以穿越时间回到过去的机器。根据时间运转与能量、质量守恒的规则，该台机器有几个限制，包括不能把过去的物品带回现在，以及无法改变现在的一切。因此，虽然主角在过去遇上了至交好友，却永远无法阻止他的死亡，因为他在过去所做的一切都是徒劳。

回到现在，主角正准备向全世界宣布他的伟大发现，让所有人见证他穿越时间的证据，然而他所在的酒店却起火了。在烈火的围攻下，他只能绝望地用时间机器不断回到过去，而他每次回到酒店，时间就会少一点儿，原本距离被火焰吞噬还有30秒的时间，现在他只剩不到10秒了。

主角成了活在过去的人。虽然当现在的时间用尽，他终将死去，但他仍试图让自己的生命在过去延长。尽管他在过去所做的一切都无法改变现在的情况。

在严谨的科学理论基础上，作者用细腻的文笔描写了一个充满忧郁和奇异色彩的故事，读来非常具有真实感，令读者不禁为主角的经历唏嘘不已。这个故事让我们反思：如果我们可以回到过去，而过去不能改变现在，我们会选择在过去做些什么？当现在出现了危机，我们会选择面对现在的一切，还是逃到一个虚幻的过去的世界里去？借由时间观念的重建，作者向我们提出了这些充满哲思的问题，发人深省。